(Traduit par J. Lègue, d'après
M. Guérard.)

DU PRINCE

ET

DES LETTRES.

De l'Imprimerie de DOUBLET, rue Git-le-Cœur, n°. 7.

DU PRINCE

ET

DES LETTRES.

Traduit D'ALFIERI, par M***.

Secordiam eorum irridere debet, qui presenti potentiâ credunt extingui posse etiam sequentis ævi memoriam.

TACITE, *Annales*, liv. IV.

A PARIS,

Chez { A. EYMERY, Libraire, rue Mazarine, n°. 30.
DELAUNAY, Libraire, au Palais-Royal, Galerie de bois.
ET PÉLICIER, Libraire, au Palais-Royal.

1818.

PRÉFACE DE L'AUTEUR.

Il me sembla, pendant l'erreur d'un songe, que j'étais transporté sur l'aile légère des Zéphirs ; je voyais sur la double colline les neuf vierges dont les sublimes inspirations étendent l'existence de l'homme.

« Nous t'avons guidé jusqu'ici, » me dit la première, non point » pour que tu t'en orgueillisses, » mais afin que tu puisses dissiper » l'erreur qui cache notre origine » aux yeux du vulgaire.

« Soit ignorance, soit mauvaise » foi, on prétend que nous som- » mes issues de Jupiter ; nous » sommes filles de la liberté.

« Va, instruis l'univers, et que

» tes mâles accens proclament si
» hautement la vérité, qu'ils re-
» tentissent dans tous les siècles
» et réveillent ceux dont la servi-
» tude étouffe encore la voix. »

PRÉFACE

DU TRADUCTEUR.

ON ne voit que trop souvent les actions des hommes être en contradiction avec leurs discours, et nous devons convenir qu'Alfieri n'a pas toujours évité cet écueil. Aussi, ceux qui prétendraient puiser dans ses ouvrages une connaissance parfaite de l'auteur, seraient souvent induits dans de graves erreurs. Doué d'un caractère ardent, et livré à lui-même dès l'âge de seize ans, le premier goût de Victor Alfieri fut celui des voyages qu'il poussa jusqu'à la manie ; élevé à Turin, au collége des nobles, il en était sorti presqu'aussi ignorant qu'il y était entré. L'amour développa en lui le germe de son talent pour la poësie ; il avait vingt-six ans lorsqu'il parvint à composer une espèce de tragédie de Cléopâtre, qui fut jouée à Turin, en 1775. Le succès qu'il obtint décida sa vocation, et l'Italie dut, dès ce moment, compter un poëte tragique, genre qui lui manquait absolument. Autant ses premières années avaient été dissipées, autant le désir d'acquérir une grande réputation et de se faire un nom illustre, le rendit appliqué à l'étude; il apprit sa langue qu'il ne possédait point à fond, la langue latine qu'il ignorait entièrement, et à cinquante ans il étudia le grec. Victor Alfieri s'est peint dans sa vie écrite par lui-même : nous ne rapporterons point ici la série des événemens qui y sont décrits et nous ne nous occuperons point de ses poësies, qui se composent de dix-neuf tragédies, de quelques comédies satiriques et de plusieurs satires particulièrement dirigées contre la France; sa haine contre notre pays s'exprime avec une telle virulence et décèle une si grossière injustice qu'on est tenté de le plaindre s'il pense ce qu'il dit, ou de rire de pitié, s'il n'est que maniaque.

Considéré seulement comme auteur littéraire, il y aurait de la mauvaise foi à ne pas lui assurer un des premiers rangs parmi les poètes italiens ; mais dans ses ouvrages politiques et philosophiques, on voit toujours la morgue du patricien percer à travers l'amour de la liberté qu'il prêche avec une violence qui souvent franchit les bornes ; la haine des rois l'inspire et non pas l'amour des peuples ; il ne conçoit d'autre égalité que celle qui consiste à abattre ce qui se trouve au-dessus de lui. Cependant ses ouvrages sont écrits avec une verve qui entraîne ; souvent ils sont instructifs, presque toujours ils sont d'un extrême intérêt. Son *Traité de la tyrannie* a été traduit en 1802 : l'ouvrage dont nous publions aujourd'hui une traduction manquait à la littérature française, et nous avons pensé que, renfermant des idées qui se trouvent aujourd'hui à l'ordre du jour, cet essai serait favorablement accueilli du public. Parmi les opinions de l'auteur, il en est cependant que leur exagération ne nous permet pas de partager ; mais il est piquant de songer que c'est en 1784, qu'Alfieri a écrit des choses que, sous plus d'un rapport, on pourrait considérer comme des prédictions ; il avait le sentiment des gouvernemens constitutionnels, puisqu'il cite l'Angleterre comme un lieu où les gens de lettres peuvent fuir l'arbitraire, la persécution et la protection qu'il regarde comme plus nuisible aux lettres que la persécution elle-même. Ses considérations sur les quatre siècles littéraires du monde, renferment des aperçus d'une justesse admirable ; on partage son enthousiasme pour Homère, et les personnes qui ont médité Machiavel, partageront, sans contredit, l'opinion que manifeste Alfieri sur ce grand politique qui ne voyait rien au-dessus de la loi et qui cherche moins à enseigner au prince à l'enfreindre, qu'au peuple à haïr le souverain qui l'enfreint.

Une idée dominante a frappé Alfieri, et c'est sur cette idée que roule tout le *Traité du Prince et des Lettres*. La carrière littéraire est à ses yeux la plus honorable de toutes, lorsque ceux qui la suivent sont doués d'un caractère et d'un génie indépendant. Quant à ceux qui du premier des arts font le dernier des métiers, en vendant ce que l'homme a le plus véritablement à lui, sa pensée, il les montre comme indignes de toute considération. Si, en effet, le talent est admirable, il le devient bien plus par l'emploi qu'on en fait ; figurez-vous Démosthènes prostituant son génie en faveur de Philippe et poussant les Athéniens à lui ouvrir les portes de leur ville ; Cicéron justifiant les concussions de Verrès, insultant au roi Déjotar et couvrant de son éloquence les crimes de Catilina ; Mirabeau foudroyant dans son berceau la liberté naissante ; quel sentiment s'attachera au souvenir de ces grands hommes? Leur génie même sera leur crime et ils ne seront pas moins coupables du bien qu'ils auraient dû faire que du mal qu'ils auront causé. Dans quelque position que l'on se trouve, soit que l'on manie la plume ou l'épée, à la tribune comme dans les camps, il n'y a point de vraie grandeur sans courage, et rien n'exige un courage plus soutenu qu'une immuable fidélité à la vérité et à la justice.

Il est d'ailleurs une erreur dans laquelle tombe Alfieri, lorsqu'il soutient l'impossibilité de voir un prince être lui-même initié dans les secrets de la plus haute littérature ; cependant nous regardons comme inutile de combattre cette opinion, puisqu'elle est réfutée aujourd'hui par un auguste exemple.

DU PRINCE

ET

DES LETTRES.

LIVRE PREMIER.

Aux Princes qui ne protègent point les Lettres.

Il n'est que trop vrai que la force, et non le savoir, gouverne le monde, puisque ceux qui le régissent peuvent être et sont souvent ignorans ; ainsi donc lorsqu'un prince protége les lettres, il le fait par vanité ou par ambition. On sait que des actions communes deviennent grandes, racontées par d'illustres auteurs ; de là vient que le prince qui n'est pas grand par soi-même cherche quelqu'un capable de le représenter comme tel.

Tout honnête homme doit s'affliger de voir des plumes mensongères se prostituer à vil prix, et les esprits les plus rares et les plus

I

élevés consentir à rehausser des êtres médiocres. En cherchant ainsi à tromper la postérité, les écrivains deshonorent leur art et
eux-mêmes.

Princes, qui ne protégez pas les lettres,
c'est à vous que j'adresse ce premier livre,
spécialement consacré à présenter les rapports
existans entre vous et ceux qui les cultivent.
C'est la plus sincère reconnaissance qui m'engage à vous le dédier, puisque, ne cherchant
point à corrompre les écrivains, vous consen-
tez à être tels que vous êtes, aux yeux de vos
contemporains et à ceux de la postérité, si
toutefois elle doit jamais s'occuper de vous.

CHAPITRE Iᵉ.

Si un Prince doit protéger les Lettres.

PROTECTION, honneurs, encouragemens, récompenses! tels sont les cris que j'entends proférer de toute part par cette troupe mercenaire qui veut assimiler les divines lettres aux objets d'un vil trafic; mais quel est le résultat ordinaire de ces clameurs? la bassesse d'une demande et la honte d'un refus.

Que répond le prince? que les gens de lettres sont inutiles au bien public qui émane entièrement de sa personne dans laquelle il repose; qu'ils portent quelquefois atteinte à la parfaite soumission en cherchant à découvrir des principes qui doivent rester cachés, et, qu'en un mot, ils sont plus à craindre que dignes d'estime.

Je me propose de traiter, aussi profondément que je le pourrai, les questions politiques que je viens de poser. J'essairai d'abord de pénétrer dans la pensée du prince et je dirai, dans ce premier livre, quelles sont les raisons qui lui parlent pour ou contre les lettres, et si, par conséquent, il doit ou non les protéger.

CHAPITRE II.

Du Prince.

Avant d'entrer en matière, il me semble nécessaire de donner une définition exacte des deux choses sur lesquelles doit rouler ce traité ; devant donc définir ce qu'on doit entendre par un prince, je dirai que, de notre temps, le mot PRINCE signifie : *Celui qui peut ce qu'il veut et qui veut ce qui lui plaît le plus ; qui n'est tenu de rendre compte de ses actions à personne ; qui n'excepte rien de son pouvoir, et à l'autorité duquel personne ne peut s'opposer.*

Un tel prince, placé au milieu des hommes comme le serait un lion dans le sein d'un troupeau, n'a d'autre lien dans la société que celui du maître avec l'esclave. Il n'a ni supérieurs, ni égaux, ni parens, ni amis ; et quoique tous soient ses ennemis, l'opinion lui donne une force telle que l'on peut dire qu'il n'a pas non plus d'ennemis. Il ne se croit pas de la même espèce que les autres hommes, et il doit effectivement se trouver différent, puisque, bien que ceux-ci lui ressemblent en apparence, par l'extérieur, l'action et l'intel-

ligence, ils s'assujettissent aveuglément à lui et
font voir en même temps dans leur soumission
et sa grandeur et leur petitesse. Ce prince,
peu habitué à raisonner et encore moins à réfléchir, ne reconnaît entre les hommes d'autre
différence que celle que donne la force ; non
pas la force physique, parce qu'il n'en a aucune, mais celle qui réside dans l'opinion du
grand nombre d'hommes, exécuteurs vendus
de ses volontés souveraines. Tout mérite, toute
science, toute vertu, toutes les qualités qui
distinguent si éminemment les hommes, se
courbent devant le prince sous le même joug;
le savant comme l'ignorant, le brave et le
lâche, le fort et le faible, tous sont égaux et
tremblent également en sa présence; ainsi,
sans un grand effort d'esprit, le prince conclut
en lui-même que l'homme vraiment grand est
celui-là seul qui, commandant aux autres
hommes, les tient dans la contrainte ; et l'on
ne saurait raisonner plus juste.

D'après ce principe, excellent pour celui
qui gouverne, le prince en viendra au point
de se considérer au-dessus de tout. Il ne
reconnaîtra, il ne protégera dans cette tourbe
soumise que l'excès de la soumission elle-
même, et ceux qui n'auront d'opinion que
la sienne.

CHAPITRE III.

Des Lettres.

Que sont donc les véritables lettres? Il est difficile de les bien définir, mais il est certain qu'elles sont contraires au naturel, au génie, à l'intelligence, aux occupations et aux désirs du prince; et il est de fait qu'aucun monarque né fut, ni ne peut être un véritable homme de lettres. Or, comment pourrait-il raisonnablement protéger et favoriser un objet d'une telle importance, et dont, faute de le pouvoir connaître, il ne peut être le juge? et, s'il n'est juge compétent, comment sera-t-il protecteur éclairé? Par le jugement d'autrui. Et de qui? de ceux qui l'entourent. Eh! qui sont-ils?

Si les lettres sont l'art d'instruire en amusant, de remuer, de cultiver et de bien diriger les affections humaines, comment pourront-elles pénétrer au-dedans de l'homme jusqu'à ses véritables passions, développer son cœur, l'exciter au bien, le détourner du mal, agrandir ses idées, le remplir d'un noble et utile enthousiasme, lui inspirer une bouillante ardeur pour la vraie gloire, lui faire con-

maître la sainteté de ses droits et le nombre
infini de choses qui tiennent toutes aux véri=
tables lettres ? Comment pourront-elles jamais
produire de tels effets sous les auspices d'un
prince ; et comment ce prince les encoura-
gera-t-il lui même à l'entreprendre ?

Le caractère distinctif des ouvrages auxquels
le génie des lettres aura donné naissance dans
une monarchie, sera l'élégance de l'expression plutôt que la force et l'élévation de la
pensée. De là les plus importantes vérités,
à peine indiquées çà et là avec timidité et
recouvertes d'un voile épais, apparaîtront,
pour ainsi dire, submergées au milieu de la
flatterie et de l'erreur. De là, les écrivains
supérieurs, et je ne leur reconnais d'autre supériorité que l'utilité dont ils sont aux hommes,
ces écrivains, dis-je, n'auront jamais reçu le
jour au sein d'une monarchie. La liberté les
fait naître, l'indépendance les élève, et ils deviennent grands par leur courage ; c'est parce
qu'ils n'ont point été protégés, que leurs écrits
sont utiles à la postérité et que leur mémoire
y arrive chérie et vénérée. On peut donc remarquer que les gens de lettres distingués,
sous des princes, tels qu'Horace, Virgile,
Ovide, Tibulle, L'Arioste, Le Tasse, Racine,
et un grand nombre d'autres modernes, ont

toujours l'air de craindre que le lecteur ne soit trop fortement ému, quand il leur arrive de toucher d'autres passions que l'amour. Mais ces foudres de vérité, qui, parce qu'ils sont moins élégans sont aussi peut-être moins lus, et qui, étant plus véridiques, plus pressans, sont moins appréciés du vulgaire, précisément parce qu'ils font sentir avec trop de force; ceux-là ne sont jamais goûtés par le prince. De ce nombre sont, dans tout ou partie de leurs ouvrages, Démosthènes, Thucidide, Eschile, Sophocle, Euripide, Cicéron, Lucrèce, Salluste, Tacite, Juvénal, Dante, Machiavel, Bayle, Montesquieu, Milton, Loke, Robertson, Hume et d'autres véritables écrivains qui, s'ils ne naquirent pas tous libres, vécurent du moins indépendans et loin de toute protection.

CHAPITRE IV.

Quel but se propose le Prince; quelle fin ont les Lettres ?

S'IL peut exister dans la société des liens d'amitié et de concorde qui unissent les hommes, la conformité des désirs et la réciprocité des intérêts peuvent seuls les former et les maintenir.

Mais que le but et l'intérêt du prince et du véritable homme de lettres soient les mêmes, qui oserait le soutenir ? Le prince veut et doit vouloir que ses sujets soient aveugles, ignorans, trompés et opprimés, parce que s'ils étaient autrement il cesserait d'exister. L'homme de lettres veut ou doit vouloir que ses écrits procurent à la plus grande partie des hommes la lumière, la vérité et le bonheur. Le but de l'un est donc diamétralement opposé à celui de l'autre. Le prince a en vue un pouvoir illimité et perpétuel, mêlé de gloire, si cela advient ; mais dans tous les cas, il veut l'empire et la puissance. L'homme de lettres ne se propose et ne doit se proposer que la gloire la plus pure ; dès qu'un autre motif le fait agir, il est retranché de la classe des véritables écrivains. La gloire de l'homme de lettres est surtout dans l'utilité que la multitude retire de ses écrits ; sans cette utilité, le charme de son style ne peut lui donner de titres à une solide gloire ; or, il est hors de doute que ce qui est utile à la multitude ne saurait être utile aux princes, puisque l'existence de ceux-ci repose sur l'aveuglement et le malheur du plus grand nombre. Donc, par une conséquence nécessaire de leur situation, les uns sont amis des hommes, les autres leurs plus grands ennemis ; dès-lors il arrive qu'ils ne peuvent ni ne doivent être d'accord.

Mais quel est donc le motif qui les réunit si souvent ? L'ambition d'une gloire non méritée de la part du prince, et, du côté des gens de lettres, le désir de faux honneurs et d'une richesse illicite. Les princes qui mendient des louanges qui ne leur sont point dues, démontrent évidemment qu'ils savent bien n'y avoir aucun droit ; et les écrivains en recherchant des richesses superflues, ou des honneurs avilissans, se montrent indignes des hautes fonctions qu'ils doivent remplir envers l'humanité et auxquelles leurs talens les appellent.

CHAPITRE V.

De quelle manière les Écrivains protégés sont utiles aux Princes.

Mais cependant, puisqu'aux yeux du prince l'envie de paraître bon l'emporte sur le désir de l'être, il lui est nécessaire, pour parvenir à ce but, d'honorer, de protéger, de récompenser les auteurs de quelque mérite, et de s'en entourer pour qu'ils lui fassent une réputation ; et il faut que ceux-ci en aient déjà acquis eux-mêmes par leurs ouvrages, leurs discours ou leur charlatanisme, et que cette réputation paraisse, du moins pendant quelques temps, fondée sur un vrai mérite.

Les écrivains vraiment grands, de tout temps et en tous lieux, ne naissent que bien rarement ; mais les hommes médiocres qui, par une étude assidue, se sont acquis une certaine facilité de style et sont parvenus à se faire lire et écouter, abondent dans tous les pays civilisés de l'Europe, et c'est sur eux que se fonde la littérature des cours. Si un écrivain s'élève au-dessus d'eux, savans dans l'art de l'effrayer, quelquefois ils le détournent de la carrière, à moins qu'il ne soit doué d'un génie inspirateur qui le pousse en avant et lui fasse surmonter tous les obstacles.

Par sa pente naturelle, le prince incline toujours vers les gens médiocres, soit qu'il les trouve plus rapprochés de sa capacité, et d'après cela moins dangereux pour la supériorité qu'il se croit, soit qu'il les préfère comme mieux disposés à se taire ou à parler ainsi qu'il le veut. Mais, hélas! les plus grands talens mêmes, disons-le à leur honte et à celle de leur siècle, se sont prostitués dans les cours. Il devait s'applaudir intérieurement, le prince protecteur qui, par des dons et des honneurs, avait tari en eux les sources de cette bile généreuse qui seule inspire les bons ouvrages. Ainsi donc on ne peut que reconnaître la sagacité du prince qui ne protége pas moins les grands écrivains que les petits; car, de ceux-ci, il se contente de la gloriole qu'il obtient en les mettant au niveau de son savoir, et quant aux premiers, il jouit de leur abaissement, les force à se déshonorer, ou les contraint à faire trève à la guerre qu'ils lui livreraient et dans laquelle il encourrait plus de dangers qu'il ne retire d'avantages des fades flagorneries des écrivains vulgaires.

CHAPITRE VI.

Du préjudice porté au Prince lorsqu'il néglige les Gens de lettres.

LES écrivains protégés par le prince lui apportent donc un peu de gloire, de splendeur, d'éclat et de repos, et, s'il les néglige, ils le discréditent. Dans le système actuel de notre Europe, presque tous les souverains entretiennent des académies, comme, il y a plus de deux siècles, ils avaient des Bouffons dont ils se prévalaient beaucoup plus. Un prince qui fait peu de cas des lettres court risque aujourd'hui qu'un de ses sujets, savant et négligé par lui, cherche et trouve existence et honneur près des autres souverains, ce qui rejetterait sur le premier une grande défaveur. Les hommes, toujours aveugles, légers et crédules, et satisfaits des apparences, sont toujours prêts à louer le prince qui, ne faisant aucun cas des savans, fait à leur égard précisément le contraire de ce qu'enseignent les lettres, les outrage d'autant plus qu'il les charge de dons et de protection, et parvient ainsi à les avilir. Les gens de lettres se font volontiers les échos du vulgaire, parce qu'ayant à parler de choses qui touchent à leurs intérêts, ils n'ont pas un désir sincère de dire la vérité. Tout bien considéré, quelle plus grave insulte peut-on faire aux lettres que de les protéger pour les mieux asservir? Certes, si la protection que quelques princes modernes refusent aux écrivains tourne contre eux-mêmes, il faut convenir que les écrivains qui recherchent cette protection, tombent dans un discrédit d'autant plus grand qu'une telle protection peut nuire, et nuit effectivement à ce que l'art qu'ils exercent a de sublime, sans que par-là leur protecteur en devienne moins médiocre. C'est dans le deuxième livre que je me propose de traiter à fond cette matière.

CHAPITRE VII.

Quelle honte couvre les Princes qui persécutent les Lettres.

QUE dirai-je du prince qui, non content de laisser les gens de lettres dans le besoin , les persécute ? Il se couvre de honte et à son préjudice ! Tout ce qui, de sa propre nature , est faible, ou ne renferme qu'une force cachée, lente ou éloignée, ne saurait nuire à la puissance , à moins que celle-ci ne s'en fasse un ennemi redoutable en laissant voir qu'elle le redoute. Les hommes prennent naturellement parti pour la faiblesse , et les outrages du prince envers la pluralité des individus sont déjà tels que , pour se faire critiquer et haïr, il lui suffit de persécuter les gens de lettres. « Mais, dira le prince, ils me désapprouvent » dans leurs discours, à voix basse, il est vrai, » et avec modération ; si je ne les comprimais, » si je ne les punissais ou chassais même, ils » le feraient dans leurs écrits, ce qui serait » encore bien pis pour moi ». Ce serait fort bien raisonner, s'il ne se trouvait nulle part une retraite d'où l'écrivain pût en sûreté

combattre le despotisme et se rire de ses ana-
thêmes. Mais puisqu'il existe encore un tel
asile en Europe, qu'en résulterait-il pour le
prince qui contraindrait un écrivain à s'y réfugier? rien que la honte de montrer combien
est étroit le cercle dans lequel est circonscrit
son pouvoir.

Ainsi, après avoir examiné l'état actuel des
choses, on demeurera convaincu que la politique du dix-huitième siècle, convenable à
tous les princes, grands ou petits, consiste
à récompenser, protéger et entretenir les
écrivains, parce que le moyen le plus infail-
lible d'ôter aux lettres leur renommée et leur
gloire, est de les avilir en salariant ceux qui
les cultivent.

~~~~~~

CHAPITRE VIII.

Que le Prince, en ce qui le concerne, doit craindre peu ceux qui lisent et point ceux qui écrivent.

La crainte devant toujours être la règle de celui qui, à quelque titre que ce soit, tient un grand nombre d'hommes soumis à sa volonté, je dis que cette crainte même, et j'espère le prouver, doit porter les princes modernes à ne persécuter les auteurs que par des dons insultans, et par leur protection.

Quelqu'ardens et quelqu'enthousiastes que puissent être les écrivains, ils sont rarement à craindre par eux-mêmes, soit que leur vie molle et sédentaire les rende peu propres à exécuter ou tenter de grandes actions, soit que le feu de l'indignation qu'ils éprouvent au moment de la conception s'évapore lorsqu'ils épanchent leurs idées. Ils ne peuvent donc être à craindre que par leurs écrits et par leur influence sur ceux qui les lisent. Mais, dans un temps où il y a tant de livres et tant de lecteurs, examinons quels sont ces lecteurs, quels ouvrages ils lisent et de quelle manière. Quels esprits voyons-nous s'enflammer au récit de ces faits généreux dont fourmille l'histoire ancienne ! Montrent-ils une impression profonde ; par quelles actions, par quels discours, par quels éloges la manifestent-ils, lorsqu'il s'agit de ces hauts faits, de ces vastes et mémorables entreprises que les modernes qualifient du titre dérisoire de folies ? Mais j'accorde qu'on les lise quelquefois avec fruit; quels sont ces lecteurs? Le peuple sait à peine lire ; environné de préjugés, avili par la servitude, devenu stupide par l'excès de sa misère, il n'a ni le temps, ni la faculté, ni les moyens d'apprendre à connaître ses droits, droits que lui seul pourrait faire triompher s'il les connaissait. Sous une monarchie, il n'y a guère de lecteurs que parmi les habitans des villes, et encore n'est-ce que le petit nombre de ceux qu'elles contiennent, c'est-à-dire, quelques individus qui, n'ayant besoin d'exercer aucune profession pour vivre, dédaignent les emplois, sont insensibles aux plaisirs, fuient les vices, méprisent les grandeurs, se vouent à l'étude sans ostentation, et, doués d'une sorte de mélancolie qui les porte à la réflexion, cherchent dans les livres une douce nourriture à leur âme et un soulagement aux misères humaines,

qui, souvent sont plus douloureuses pour
ceux qui en sont le moins surchargés. Voilà
les vrais lecteurs, les seuls qui méritent ce
nom ; mais à peine en compte-t-on un sur
mille ; quel effroi pourraient-ils donc inspirer aux princes ?

Lire, d'après le sens que j'attache à ce mot,
veut dire : penser profondément. Le penser
mène à la modération, la modération à la ré-
signation. Qu'on examine l'histoire et l'on
verra que, de tous les peuples qui furent
rendus de l'esclavage à la liberté, aucun ne
le fut par les lumières, ni par la vérité, parvenues jusqu'à chaque individu ; mais toujours
par un certain enthousiasme que sut leur
communiquer un génie inspiré, adroit et en-
treprenant. Un tel génie n'a point été nourri
dans les douceurs de l'étude ; ses idées sont
en lui, un sentiment profond et naturel leur
donne naissance ; un trait de lumière peut
jaillir d'un livre et l'éclairer, mais non pas
être le résultat de longues études. Ni Junius
Brutus, ni Pelopidas, ni Guillaume Tell, ni
Guillaume de Nassau, ni Washington, ni
quelques autres grands hommes qui conçurent
et exécutèrent de grandes révolutions, n'é-
taient des savans de profession. Je croirais
plutôt, et cela n'est que trop prouvé par

l'expérience, que, lorsque les lumiéres sont dispersées et répandues sur un grand nombre d'hommes, il en résulte que ceux-ci parlent beaucoup, sentent faiblement et n'agissent point. On parle, on lit et on écrit à Paris; cela n'empêche pas que l'on n'y obéisse autant et plus qu'à Constantinople où personne n'écrit, et où peu de gens savent lire.

Cependant en Turquie, comme dans les autres états de l'Asie gouvernés par des despotes, il s'élève de temps en temps un chef qui, ne connaissant d'autre doctrine que les lois de la nature, fortement senties, dit avec une barbare énergie à la tourbe stupide qui l'entoure : « Notre monarque est irréligieux; » c'est un tyran; il n'est pas guerrier : qu'on » le dépose ou qu'on le tue ». Alors il arrive souvent qu'on le dépose et qu'on le tue.

Je ne prétends pas nier qu'avec le temps l'esprit qui anime les écrits ne s'amalgame avec l'esprit des peuples qui possèdent ces écrits dans leur langue, et que, soit par tradition, soit par la lecture, soit enfin par les conversations familières qui naissent de la divergence des opinions, cet esprit ne pénètre dans toutes les têtes, et cela de telle manière que dans quelques siècles l'opinion générale en soit totalement changée; mais en même temps, et par une progression insensible, l'art de gouverner doit éprouver des modifications. Malheureusement les hommes n'en viendront pas moins se ranger sous le joug de quiconque saura les connaître et s'en servir.

Il me semble donc que les princes modernes, reconnaissant désormais l'impossibilité de s'opposer au progrès des lettres, doivent renoncer à persécuter les auteurs ; car ce serait envain : mais en ayant recours à l'adresse afin de les identifier, pour ainsi dire, avec eux-mêmes, il se peut qu'ils parviennent à rendre les lettres moins nécessairement opposées à l'étendue illimitée de leur pouvoir, et même peu défavorables à certains excès provenans de la manière de l'exercer.

~~~~~~

CHAPITRE IX.

De l'utilité qu'il y aurait pour le Prince d'extirper entièrement les Lettres, s'il le pouvait.

S'IL n'y avait dans le monde qu'un seul monarque, ou s'il n'existait d'autre gouvernement que le gouvernement monarchique, ou si, enfin, il y avait une île si bien gardée que personne ne pût y entrer ni en sortir, je crois que, dans ces trois hypothèses, le gouvernement pourrait, avec un avantage réel, éteindre la lumière que répandent les lettres et tout écrit qui ne prêcherait pas l'obéissance. Nul doute qu'un homme assujetti ne veuille, par sa nature, obéir que le moins possible ; nul doute non plus qu'un souverain ne veuille user d'autant de pouvoir qu'il le pourra. L'aveuglement et l'ignorance de tous les sujets seraient donc très-utiles au gouvernement, et je ne crois pas que cette proposition ait besoin d'être démontrée. Je vais plus loin, et je soutiens que, dans un tel état de choses, l'ignorance absolue des sujets lui serait plus utile que toutes les lumières auxquelles nous nous croyons parvenus ne sauraient lui nuire aujourd'hui. Les faits viennent à l'appui de ce que j'avance : malgré toutes les lumières qui nous éclairent, quoique personne de nous n'ignore que toute autorité illimitée ne peut naître que de notre faiblesse, et non de la force de celui qui commande, puisqu'aucun homme n'en possède assez pour dominer tous les autres, il n'en est pas moins vrai que chaque jour nous obéissons aveuglément, et sans murmurer, à tous les caprices de nos maîtres. Dans les pays, au contraire, où l'ignorance est complette, le pouvoir absolu est réputé de droit divin, appartenant à telle ou telle race, et indispensablement inhérent à tel ou tel homme. Aussi chaque fantaisie du dominateur est acceptée sans murmure comme une loi juste, inviolable et sacrée. Ce qu'il y a de certain, c'est qu'il est plus sûr, pour un esprit vulgaire, de commander à des hommes qui ne mettent point en doute s'ils doivent obéir en toutes choses ; mais ce précieux doute, transmis à l'Europe moderne par les livres des anciens, ne peut être entièrement extirpé par aucun prince, et, malgré les persécutions qu'ont éprouvées et qu'éprouvent les lettres et ceux qui les cultivent, on ne pourra jamais anéantir un Tacite, et lui seul est plus que suffisant pour dévoiler aux hommes les secrets de l'art de commander. Il me semble donc évident qu'il ne serait ni prudent, ni adroit, ni raisonnable à un souverain de notre temps de faire des efforts pour restreindre la vraie littérature. Le prince n'accroît point sa sûreté en manifestant la crainte que lui inspirent ceux qui savent lui résister, et l'expérience doit le lui avoir appris; au contraire il s'attire d'autant plus la haine et le mépris.

A la prise d'Alexandrie, Mahomet II fit brûler tous les livres, rassemblés par les Ptolomées, comme inutiles pour ceux qui savent obéir et comme dangereux pour ceux qui ne le savent pas. Mais plusieurs siècles auparavant, ces mêmes Ptolomées régnant despotiquement sur l'Égypte, et, plusieurs siècles après, Louis XIV et d'autres princes, régnant despotiquement en Europe, honorèrent et récompensèrent un grand nombre d'écrivains. Or, je le demande, les Ptolomées en Égypte, les Louis, les Charles et les François en Europe, voulaient-ils moins d'obéissance que Mahomet II? Je ne le crois pas; mais ils regardaient les auteurs et les livres comme infiniment peu nuisibles à l'obéissance des sujets.

En jugeant ainsi sur ce point, nos princes ne se trompent pas, vu l'état des mœurs dans l'Europe moderne; et, si nous n'avons que la moitié des choses, c'est à ces mœurs qu'il faut nous en prendre, comme c'est notre éducation qui affaiblit nos facultés naturelles et empêche que ce qui nous en reste ne soit capable de nous préserver de la corruption qu'une éducation meilleure aurait prévenue. Cette corruption, dans laquelle le prince est né et élevé, est aussi son partage, et elle en fait un être qui n'est jamais d'accord avec lui-même. En effet, il réunit en lui les contradictions les plus étranges, la douceur et la cruauté, l'orgueil et l'affabilité, et mille autres qualités alliées quoiqu'opposées les unes aux autres, mais qui ne nous imposent pas moins la crainte et l'obéissance, de sorte que nous ne sommes, à la vérité, ni Égyptiens, ni Turcs, mais encore moins Grecs ou Romains.

~~~~~~

CHAPITRE X.

Le Prince ne pouvant détruire entièrement les Lettres, il lui importe d'en paraître le protecteur et l'appui.

Les voyages, le commerce et la banque ont, pour ainsi dire, émancipé les habitans de l'Europe, de sorte que nos maîtres et les pédagogues politiques ne peuvent plus nous tenir sous la tutelle de l'enfance; et comme, en outre, il est encore quelques coins de terre en Europe où l'homme naît libre ou moins opprimé, les despotes les plus absolus sont obligés envers leurs sujets à des ménagemens indispensables. En cet état de choses, il est facile et beaucoup trop facile pour les princes, que les opinions diverses se répandent et se propagent en Europe, dès que des écrivains supérieurs les auront consignées dans leurs écrits. L'amour de la nouveauté, le repos, la curiosité, et aussi le doux besoin de devenir meilleur, sont les motifs qui font naître dans les âmes élevées le goût de ces lectures, et parmi tant d'écrits on voit que ceux qui remuent le plus fortement le cœur de l'homme sont ceux qu'on recherche et qu'on lit avec le plus d'avidité. Un auteur a plusieurs moyens de produire cette commotion ; mais il n'en est pas de plus efficace que de peindre avec des couleurs nobles, brillantes, énergiques, les hautes entreprises, mères de grands événemens. On y parvient, soit par des fictions poëtiques, soit en puisant aux sources de l'histoire, soit en se rendant populaire, soit en portant sur les intérêts humains le jour de la philosophie. A l'exception de l'amour dont la peinture peut émouvoir sous tous les gouvernemens, même les plus corrompus, si un auteur veut remuer de grandes passions, en citant de grands exemples, il faut qu'il parle d'un peuple libre. C'est pour cela sans doute que l'on enseigne si minutieusement à la jeunesse tout ce qui s'est passé à Rome, à Athènes et à Sparte, et qu'on éloigne de ses yeux l'histoire de la Perse, de l'Assyrie, de l'Égypte et de leurs tyrans. Obligé de recourir à une fiction pour peindre la vertu, l'écrivain est contraint de la chercher où elle a existé, d'en examiner les causes, d'en développer les effets et d'engager ses lecteurs à la prendre pour règle. Si je dis qu'il n'existe de bons livres que ceux qui, par quelque moyen que ce soit, ont pour but d'enseigner la vertu, je n'imagine pas que l'on me de-

mande de preuves à l'appui ; et j'entends par
vertu *cet art noble et utile par lequel l'homme,
spécialement occupé de l'avantage de tous,
s'acquiert en même temps la plus grande
gloire.*

Une fois cette définition admise, et je la
crois juste, tout bon ouvrage, qui ne traite
point des sciences exactes, dont je parlerai
ailleurs, doit nécessairement, par les principes qu'il renferme, choquer l'autorité illimitée ; car, quelque discret et réservé que
veuille être un écrivain, il ne peut cependant
pas louer le vice, et il lui est encore plus difficile d'enseigner la vraie vertu, sans faire
voir qu'elle ne peut avoir sa source ni dans
la soumission au caprice d'un seul homme,
ni dans l'obéissance, ni dans la terreur.

Cela posé, je dis donc que rien de ce que
la poësie épique a de sublime, qu'aucune
tragédie ou comédie, qu'aucune histoire, ni
satire, ni ouvrage philosophique, ni discours,
ni rien enfin de ce qui tient aux belles-lettres,
si l'on en excepte le madrigal, le langoureux
sonnet et le genre pastoral, ne peut jamais,
dans un état monarchique atteindre son véritable but et dire la vérité, sans irriter plus ou
moins la puissance souveraine. Si je ne m'étais
imposé la loi d'être court, surtout dans ce

premier livre, il y aurait mille manières de prouver ce que j'avance; je me borne à une seule, et ce sont les faits qui me la fournissent. Je demande donc quel est l'ouvrage, véritablement reconnu comme bon, dans lequel l'auteur ait développé une autre passion que l'amour, et qui n'ait été, dans un temps ou dans un autre, en tout ou en partie, prohibé, décrié, calomnié, réprouvé ou poursuivi par un prince? Mais qu'en résulte-t-il? les ouvrages restent et survivent à toutes les animosités, puissantes ou impuissantes, lorsque ces ouvrages sont bons.

Les souverains qui gouvernent aujourd'hui l'Europe, ne pouvant donc empêcher absolument que les bons livres, déjà existans, ne continuent à circuler et à être lus, ni que quelques autres bons livres, dont le nombre est très-limité, ne voient le jour, ils agiront avec prudence, en ne se prononçant pas ouvertement contre les lettres, s'ils savent récompenser à propos les auteurs, en préférant toujours les talens ordinaires au génie, en cherchant adroitement à rabaisser celui-ci au niveau de la médiocrité, en le chargeant de fers dorés qui ne lui laissent plus la faculté de penser et d'écrire autant que cela lui serait nécessaire. Par la même raison, les princes

feront très-bien s'ils feignent d'honorer la mémoire des écrivains, en faisant réimprimer
leurs ouvrages après leur mort, bien que, si
ces mêmes ouvrages eussent été écrits de leur
temps, ils les eussent, s'ils l'avoient pu,
étouffés plutôt que produits au grand jour.
De cette manière ils parviendront peut-être
à persuader à la multitude qu'ils ne craignent
pas l'effet d'une certaine liberté de penser, et
cette sorte d'indifférence affectée ne contri-
buera pas peu à décourager l'écrivain qui
aurait espéré se faire un nom par sa manière
libre de penser et d'écrire; car, un peu de
persécution à l'égard des ouvrages fortement
marqués au coin de la vérité est le plus solide
garant et le premier moteur de leur succès,
puisqu'elle contribue, en les répandant plus
généralement et plus vite, à les rendre plus
utiles en moins de temps.

CHAPITRE XI.

Quels encouragemens il convient le mieux au Prince de donner aux Gens de lettres.

PEU-A-PEU il s'est formé en Europe une classe d'hommes qui a pris la charge, en pensant et en écrivant, de faire penser les autres, et qui, en communiquant à ceux-ci ses idées, parvient à répandre dans la multitude des demi-connaissances : les princes, ayant reçu la charge héréditaire d'entraver la pensée, sont les ennemis nécessaires de cette classe d'hommes. Mais la crainte réciproque, comme cela arrive en tant d'autres circonstances, les a bientôt rapprochés. Ainsi que je l'ai déjà dit, les auteurs sont mus par le besoin, par la crainte ou par le désir d'une gloire éphémère et d'une renommée plus prompte que solide; d'un autre côté les princes sont excités par la vanité, par la crainte des traits fins et du ridicule; ils redoutent d'être discrédités et démasqués pour toujours, ils veulent paraître bons et enfin ils ne peuvent agir autrement : telles sont, ce me semble, et la plupart des gens de lettres de ce temps viennent à l'ap-

pui de ce que j'avance, les véritables motifs
qui transforment ces deux sortes d'ennemis,
les uns en protecteurs, les autres en protégés.

C'est ordinairement par des pensions que
les princes récompensent les écrivains; cela
leur ferme la bouche et les empêche d'exposer des vérités lumineuses avec autant de
force et de clarté qu'il en faudrait pour se
frayer un passage jusqu'à l'épaisse intelligence
du vulgaire soumis et ignorant. Les écrivains
donnent en retour au prince de fades louanges,
des poësies mensongères, d'agréables et inutiles dissertations, des maximes fausses de politique et de philosophie; ils altèrent l'histoire
et brûlent sur leurs autels un honteux encens.
De ce trafic, dicté de part et d'autre par
une égale dissimulation, il résulte que le public en devient plus aveugle, plus trompé, et
toujours plus éloigné de tout ce qu'il y a de
grand et de vrai, seul mobile des belles
actions.

Mais comme dans ce premier livre je tâche,
autant que cela est possible à un homme libre,
de me faire prince et non auteur, je dois dire
que les princes font très-bien d'en agir ainsi,
puisque, jusqu'à ce moment, ce mélange de
crainte et de récompenses a merveilleusement
réussi à émousser en grande partie les traits

lancés par le courroux des écrivains. Les faits suffisent encore pour le prouver ; qui pourrait douter, par exemple, que si Montesquieu et Corneille n'avaient reçu des faveurs du prince, et s'ils avaient eu une existence absolument indépendante de lui, ils n'eussent été beaucoup plus loin dans leurs maximes en développant et en peignant de leurs vigoureux pinceaux tout ce qui intéresse tant l'humanité, et que, dans leurs ouvrages, ils n'ont pu qu'indiquer avec timidité ou montrer à travers un voile.

Cependant le prince ne sait pas assez contenir, par sa protection, les élans du génie, et c'est le prince surtout qui me démontre la vérité de cette profonde pensée du divin Machiavel : *les hommes*, dit-il, *ne savent être ni entièrement bons ni entièrement mauvais.* On dit que dans sa jeunesse le grand *Voltaire* témoigna le désir d'avoir un emploi dans la diplomatie, et je le crois facilement, puisque l'on vit depuis cet auteur, s'oubliant lui-même, signer, sans rougir : *Voltaire, Gentilhomme de la chambre du Roi.* Le prince ou le ministre qui ne l'employa pas commit donc une énorme faute politique : Voltaire, agent du Roi ou représentant le Roi, descendait au niveau de celui qu'il représentait ; il était

3

vaincu et lié pour toujours, il n'aurait point ou il n'aurait que peu écrit, et seulement ce que l'on aurait voulu. Ainsi d'un grand auteur, on aurait fait un médiocre, ou, tout au plus, un bon ambassadeur; ainsi se serait accrue la gloire du Roi et aurait diminué la lumière pour le peuple; ainsi, enfin, les Rois n'auraient pas été réduits à souffrir cet humiliant parallèle, de voir Voltaire, dans ses derniers jours, applaudi, suivi, environné des acclamations d'une grande ville et recevant les honneurs d'un triomphe que l'on ne décerna jamais à aucun prince. Et il viendra un temps où l'on ne désignera le Louis qui gouvernait à cette époque, qu'en disant : il régnait lors du triomphe de Voltaire.

"Ainsi donc, les princes qui veulent prévenir une telle honte et en même temps vivre tranquilles doivent récompenser les gens de lettres, par des honneurs et des richesses capables de les détourner d'écrire de grandes choses. Et en les attirant par la reconnaissance, soit directement, soit indirectement, ils doivent les contraindre à s'humilier, et à discréditer eux-mêmes leurs maximes philosophiques en les entachant hors de propos des louanges du prince.

CHAPITRE XII.

Conclusion du Livre premier.

Il me semble avoir jusqu'ici dit en peu de mots tout ce qui peut concerner les princes par rapport aux écrivains, et quoique j'aie dit beaucoup, j'aurais encore beaucoup à dire si je ne m'adressais à des lecteurs auxquels je crois inutile de tout expliquer. Si quelqu'un doute de ce que j'ai avancé, qu'il consulte l'histoire, il verra quel a été le sort de la littérature sous les gouvernemens monarchiques, et il reconnaîtra, sans doute, que les princes ont fait ou tenté ce que j'ai exposé plus haut, et que, dans cette guerre de ruse, le plus ou le moins d'adresse qu'ils ont su employer, hautement ou en secret, a produit, étouffé ou souillé plus ou moins les écrivains, répandu plus ou moins de lumière dans le peuple, et enfin dispensé plus ou moins de gloire ou de honte aux souverains et aux gens de lettres.

Pensant donc avoir assez approfondi le sujet de ce premier livre, je me résume et je dis, en concluant, que, malgré l'espèce d'obligation où se trouve aujourd'hui un prince d'encourager les lettres, s'il leur accorde une protection pure, libérale et vraiment royale, il n'est que trop vrai qu'il en retirera des avantages plus grands que ses sacrifices.

FIN DU PREMIER LIVRE.

LIVRE DEUXIÈME.

Au petit nombre d'Écrivains qui ne se laissent point protéger.

Il vous semble peut-être, dignes Écrivains ! que j'ai trahi notre cause en dévoilant des ruses, non pas secrettes sans doute, mais peu connues puisqu'on n'avait jamais osé les mettre au jour, les choses dont on parle peu étant celles auxquelles on pense le moins, de telle sorte que, le levier de l'imagination ne les remuant qu'à peine, elles restent rouillées et inutiles. Si dans mon premier livre j'ai paru enseigner aux princes, non pas les moyens de paralyser ou d'arrêter l'essor des lettres qui, la plupart, leur étaient connus, mais les motifs qui les engageaient à employer ces moyens, mesquins et efficaces, c'est que les motifs qui les font agir sont ignorés de ceux mêmes qui en profitent et de la plupart de ceux qui en souffrent.

Je vais maintenant exposer avec plus de détail, dans ce second livre, les moyens qui me paraissent les meilleurs pour que le petit nombre des écrivains vraiment dignes d'être libres puissent s'affranchir, si non entièrement du moins en partie, de ces liens honteux qui garottent leur génie, retiennent leur plume et s'opposent à leur gloire ou en ternissent l'éclat.

CHAPITRE Ier.

Si les Écrivains doivent se laisser protéger par les Princes.

ÉCRIRE est, pour bien des hommes, une nécessité qui dérive du besoin de vivre; mais la plupart de ceux-ci ne peuvent être de véritables littérateurs et je ne les considère pas comme tels. Pour quelques autres la nécessité d'écrire est une soif brûlante qui les dévore Ce feu, bien dirigé et épuré de toute autre ambition, peut élever l'homme jusqu'à la hauteur de la divinité.

Mais hélas ! combien il arrive souvent que les plus grands génies naissent dans la misère. Je n'entreprends certainement point ici de faire l'apologie des riches qui, la plupart, naissent au contraire d'une nature faible d'esprit aussi-bien que de corps. Je voudrais cependant convaincre tous les écrivains de cette vérité, qu'ils ne doivent jamais prétendre à une solide gloire, à une réputation intacte et durable, ni espérer d'être jamais d'une vraie et grande utilité, s'ils n'élèvent leurs écrits à tout ce qui est libre et

vrai et s'ils ne sont entièrement étrangers
à toute autre considération secondaire. En
parlant donc aux grands écrivains, mais
seulement à ceux d'un ordre vraiment supérieur, qu'un sort injuste a créés pauvres, je
leur dis que, s'ils se connaissent à temps, ils
doivent, dès qu'ils le peuvent, améliorer leur
état par une autre voie que celle des lettres,
afin de pouvoir plus tard jouir de leur talent
dans l'indépendance. Je les en conjure par
l'immense avantage que tous les hommes
doivent retirer de leurs écrits, et au nom de
cette gloire qui doit en résulter pour eux-
mêmes. S'il leur est absolument impossible de
s'imposer une pareille règle de conduite,
qu'ils renoncent à la culture des lettres, je
les y engage, et qu'ils cherchent un autre
moyen de vivre toujours plus utile dans tous
les tems et sous tous les gouvernemens que
la carrière des lettres. Je dirai, en un mot,
que les richesses doivent seconder l'esprit,
mais que l'esprit ne doit jamais se soumettre
à la fortune.

Si le plus noble, le plus élevé, le plus saint,
le plus divin ministère que puissent exercer les
hommes, est d'éclairer leurs semblables, de
satisfaire leur esprit, d'allumer en eux l'amour
de la vertu et le feu d'une noble émulation, un

être que la nécessité réduirait à l'abjection oserait-il s'élever jusqu'à une aussi haute entreprise? Dans plusieurs républiques, et même dans presque toutes, ceux qui ne possèdent rien ne participent pas au droit de voter; les Grecs libres empêchaient leurs esclaves de cultiver même l'art de la peinture : et, pour un art aussi sublime que l'art d'écrire, dans une république aussi auguste que la république des lettres, on admettrait ceux qui désirent, demandent et recherchent autre chose que de la gloire! Une telle exclusion ne me paraît pas injuste, et les faits appuient mon opinion. Ou les grands écrivains jouissaient d'une aisance personnelle, ou leur pauvreté leur suffisait ; ou bien, quand ils ont agi autrement, ils ont été moins grands de tout ce qu'il leur a fallu faire pour améliorer leur fortune. Si l'on retranchait de Virgile les éloges d'Auguste et de César, d'Arioste et du Tasse ceux qu'ils prodiguent à la maison d'Este, et de tant d'autres auteurs leurs flagorneries et leurs timides considérations, la gloire de ces écrivains n'en serait-elle pas plus grande, et leurs ouvrages, en répandant sur leurs lecteurs une lumière plus pure, ne seraient-ils pas plus agréables et plus utiles?

Je suis tellement convaincu de la nécessité

indispensable pour un auteur d'être indépendant pour bien écrire que j'ose avancer que les princes, vu leur position, leur éducation et leurs mœurs, si toutefois ils pouvaient jamais parvenir à bien connaître les hommes, à bien apprendre et à bien exécuter quelque chose, les princes, dis-je, par leur entière indépendance et par la certitude de ne pas rencontrer d'opposition de la part d'individus plus puissans qu'eux, pourraient, sans contredit, être les premiers de tous les écrivains, parce qu'aucun respect, aucune prudence, aucune crainte ne sauraient les contraindre à taire ou à altérer la vérité; pourvu, toutefois, qu'il leur fût possible de vaincre l'aversion naturelle que celle-ci leur inspire, et pourvu aussi qu'ils eussent reçu du ciel un caractère assez généreux pour être capables de publier même les vérités qui leur seraient le plus contraires. Mais, comme cela ne peut jamais arriver, je prie le lecteur de me pardonner une telle supposition que je ne présente d'ailleurs que comme un exemple, qui, plus tard, m'amènera à des inductions qui rentrent dans mon sujet. L'homme privé qui pourra réunir en lui tout ce qui constitue l'indépendance du prince, plus noble, plus légitime, soumise seulement à des lois sages et modérées, et qui joindra à l'éducation d'un citoyen le génie, les mœurs, la connaissance des hommes, l'amour du juste et du vrai, surpassera de beaucoup, à mérite égal, tous les autres écrivains qui auront été environnés de circonstances différentes.

J'en reviens toujours à cette idée que le cœur d'un véritable écrivain ne doit contenir que deux sentimens : la crainte de ne pas faire assez de bien et l'espoir de fonder sa gloire en étant utile à ses semblables. Ce principe une fois admis, il restera à examiner si, dans une monarchie, un grand écrivain pourra jamais être celui qui a vécu à l'ombre d'un cloître, le secrétaire d'un prélat, un académicien, un courtisan, un abbé poursuivant un bénéfice, un père, un fils, un mari, un légiste, un aggrégé aux universités, un fabricateur de journaux, un militaire, un financier, un coureur de ruelles, ou tout autre homme enfin que sa position rende passible d'un autre danger que celui de mal écrire, ou qui ait en vue un autre but que sa réputation.

Ayant ainsi élagué du nombre de ceux qui peuvent cultiver les lettres cette foule d'avortons, il ne me reste plus à parler que de quelques hommes infiniment rares. O vous donc qui oserez et pourrez devenir de grands écrivains ! vous ne pouvez souffrir que l'on vous protège sans que cette protection vous déshonore, en même temps qu'elle déshonore les lettres. Remplissez-vous l'austère devoir de professer et de proclamer hardiment la vérité ? vous pourrez, n'en doutez point, vous soustraire à toute autre protection que celle d'un public éclairé, s'il parvient jamais à l'être, et cette protection est la seule que vous puissiez ambitionner et recevoir avec honneur !

CHAPITRE II.

Si les Lettres, qui semblent inséparables de la corruption des mœurs, sont la cause ou l'effet de cette corruption.

MAIS, que viens-je de dire? J'exigerais dans tous les écrivains la sagesse de Caton, je voudrais qu'ils y joignissent en même temps l'harmonie, l'élégance et la pureté de style de celui qui a dit, de lui-même, à la postérité : *Relicta non bene parmula* (1). Je parle de ce tribun d'une légion romaine qui plaisante sur ce qu'il a abandonné son bouclier dans une bataille. C'est comme si dans nos mœurs un officier consignait, dans des vers joliment tournés, un soufflet qu'il aurait reçu.

Par quelle fatalité, inhérente à l'espèce humaine, faut-il que le bien-dire et le bien-faire ne marchent presque jamais ensemble? Athènes seule vit fleurir à la fois les beaux arts et la liberté, la valeur militaire et les sciences, les richesses et les mœurs : rien enfin

---

(1) Je n'ai pas vendu mon honneur bien cher. *Horace. Liv. II, Ode VII.*

ne manqua, pendant quelque temps, à cette
terre privilégiée. Mais ce levain, créateur de
choses si contraires entr'elles, dura peu ; le
luxe, le goût et les arts l'emportèrent ; la liberté, les mœurs et le courage disparurent
peu à peu. En cela, comme en toutes choses,
Rome fut la rivale d'Athènes, mais ne la sur-
passa jamais. Les lettres et les arts y restèrent,
pour ainsi dire, dans les bornes ordinaires et
elle ne put rassembler à la fois tous ces avantages. Elle n'épura point son langage et n'eut
pas d'écrivains élégans avant Cicéron, Catule,
Horace et Virgile, et à leur naissance elle vit
s'éteindre peu à peu les vertus patriotiques ;
l'aurore de l'esclavage se leva et éclaira les
premiers progrès des lettres et des arts. Enfin
les écrivains du siècle d'Auguste que la douceur de leur langage fit surnommer l'âge d'or,
furent pour la république les écrivains du
siècle de fer et les fabricateurs de ses chaînes.

Mais ces écrivains élégans et parfaits furent-
ils la cause qui produisit un relâchement efféminé, la perte de l'énergie, la bassesse des
idées, l'amour de la servitude et l'oubli de la
patrie, l'égoïsme, le besoin de vivre à une
cour entre l'espérance et la crainte et sans
avoir jamais un but légitime et vraiment grand ?
ou bien toutes ces choses donnèrent-elles au

contraire naissance à ces écrivains parfaits et élégans?

Le mérite d'un écrivain, comme celui de toute autre chose, n'existe que dans l'opinion des hommes; et, divisant en deux parties les causes pour lesquelles un écrit est regardé comme excellent, et obtient le prix comme tel, je dis que son mérite intrinsèque, c'est-à-dire celui qui provient de la vérité, de l'évidence et de la force des pensées, ne peut être qu'un. Le mérite, au contraire, qui consiste dans l'énonciation de ses pensées peut être considéré sous autant d'aspects qu'il y a, qu'il y a eu et qu'il y aura d'époques dans le monde, de différence entre les gouvernemens, et de variétés dans les circonstances où peuvent se trouver les peuples. En effet, toutes les nations qui eurent une longue durée virent changer leur éloquence avec la forme du gouvernement et avec les mœurs, de sorte que ce qui causa le plus d'admiration dans un siècle fut réputé ridicule et monstrueux dans un autre. Aussi, pour peu que l'on connaisse la langue latine, et que l'on en sente la force et la beauté, ne manque-t-on pas d'assurer qu'elle n'est parvenue au plus haut degré de perfection que sous le règne d'Auguste. Et, pour puiser aussi un exemple chez

les modernes, ne sait-on pas que les Français,
qui, à la vérité, ne furent jamais libres,
virent s'élever leurs plus grands écrivains au
temps même où ils furent le plus despotiquement asservis. Les écrivains d'Auguste et de
Louis XIV sont, ou du moins semblent parfaits à nous autres peuples aussi esclaves et
peut-être plus corrompus que leurs contemporains; mais qui peut nous assurer que du
temps de Caton, d'Ennius et de Lucrèce,
les peuples et ces grands hommes eux-mêmes
eussent préféré à leurs ouvrages ceux d'Horace
et de Virgile? Personne n'osera, sans doute,
soutenir que Lucrèce ne puisse être comparé à
Virgile : à quoi donc attribuer l'énorme différence que l'on reconnaît entr'eux pour la
douceur, l'harmonie et la beauté des vers?
à la politesse du langage, diront les modernes;
à la corruption des mœurs, à la dégradation
des esprits, à l'influence contagieuse du pouvoir, auraient répondu les anciens.

Toutefois, ne voulant pas avancer ni soutenir de paradoxe, j'admettrai que, quant à
ce qui concerne la finesse et l'élégance, on
peut considérer comme parfait ce qui est jugé
tel par des hommes d'un goût délicat, accou-
tumés à converser, ou s'en rapportant à leurs
sens qui leur font découvrir des choses

nouvelles et saisir les nuances les plus légères. Si le chef d'une peuplade sauvage, la voyant dans un péril imminent, voulait la porter à une défense obstinée et l'exciter au désespoir, il ne devrait pas employer d'autres mots que ceux qui exposeraient le fait avec simplicité. Il dirait : « Voilà quels furent de » tout temps vos ennemis ; il n'est pas un » de nous qui ne leur doive la mort d'un » père, d'un frère ou d'un fils ; si nous ne » nous élevons au-dessus d'eux par notre » force et notre courage, ils nous donne- » ront la mort, s'empareront de nos biens, » traîneront nos enfans dans l'esclavage et » déshonoreront nos femmes. Les vaincre et » les exterminer, ou périr tous, il n'est pas » pour nous d'autre choix ». Ces paroles, et d'autres discours semblables, ou encore moins étudiés, seront le comble de l'éloquence pour ces peuples que nous appelons barbares, et ce sera celle qui arrivera le plus sûrement au but.

Mais si, dans une nation policée, un général veut enflammer ses soldats, il devra dire les mêmes choses, mais plus longuement et dans des termes plus choisis. Il aura recours à mille figures pour éveiller leur courage ; tantôt il leur retracera le tableau épouvan-

4

table des massacres, du pillage, des débor-
demens et de la cruauté d'un insolent vainqueur ; puis, empruntant des images flat-
teuses, il leur montrera les triomphes qui
suivent la victoire, les heureux résultats de la
paix, et tous les biens qui environnent la liberté. Un peuple éclairé sent avec moins de
force, par cela même qu'il sent avec plus
de délicatesse ; il faut, pour l'enflammer et
l'émouvoir, trois ou quatre fois autant de
paroles, et varier les images. Les chefs d'un
peuple éclairé, mais asservi, n'ont pas besoin
de le haranguer, puisqu'il ne reste plus rien
à en obtenir avec des paroles, que la force
n'ait déjà plus sûrement imposé. Il en sera de
même toutes les fois que l'on voudra réveiller
une autre passion dans un peuple barbare,
ou encore à demi sauvage, ou bien civilisé,
qu'il soit ou ne soit pas libre. Et si nous vou-
lions donner la palme à ce dernier genre d'é-
loquence, nous ne pourrions motiver cette
opinion qu'en disant : la délicatesse de nos
sens nous fait sentir et penser ainsi, c'est-à-
dire, que la multiplicité de nos sensations a
diminué et affaibli nos organes.

Qu'un orateur appartenant à une nation civilisée s'adresse à un peuple grossier, il en-
nuiera, étourdira, sera peu compris, nulle-

ment apprécié, et ne produira par conséquent aucun effet. Si, au contraire, c'est un orateur sans art, mais passionné, mais énergique, qui parle à une nation éclairée, il se peut que par la seule force de la vérité simplement exposée il réussisse davantage ; tant la simplicité a de grandeur, lorsque surtout elle n'est point calculée avec art, et l'art d'ailleurs ne peut jamais la reproduire avec cette forme libre et vigoureuse que lui inspire la seule nature.

Je conclus de tout ceci que la perfection des lettres, comme nous l'entendons, et par rapport à l'état actuel des peuples civilisés, instruits, corrompus, timides, mous, efféminés et presque tous assujettis, ne peut exister que dans ce repos qui naît de l'asservissement ; mais que les lettres, telles que les cultivaient les Grecs, pourraient revenir sur la terre plus brillantes que jamais, chez un peuple spirituel qui, eût-il moins d'instruction et de délicatesse, serait entièrement libre. C'est alors que les lettres obtiendraient une autre espèce de supériorité ; et celle-ci ne pourrait naître que de l'austère vérité exposée aux yeux de tous, en peu de mots, avec force, naturel et clarté. L'art oratoire serait alors ce qu'il doit être, l'art d'enseigner aux hommes les vertus morales et politiques. L'histoire et la poësie se borneraient à raconter et à peindre les grands événemens, les amours légitimes, l'héroïsme de l'amitié, la tendresse paternelle, les bienfaits des Dieux ; enfin la philosophie, d'accord avec les principes politiques et les dogmes religieux reçus chez ce peuple libre, n'aurait d'autre but que de maintenir et rectifier de plus en plus la justesse des idées, la pureté des mœurs et la sagesse des lois.

Me dira-t-on que nous cherchons aussi à puiser les mêmes avantages dans la culture des lettres ? Je répondrai que nos écrivains ne sont pas capables de nous les procurer, puisque l'art oratoire, l'histoire et la philosophie ne peuvent émaner d'une âme servile, ni parvenir jusqu'au cœur des hommes chez un peuple asservi. La poësie exercée par des artisans esclaves peut encore moins toucher aux objets les plus sublimes sans les souiller d'erreur, de crainte ou de basse adulation. De là vient que parmi nous toute la fleur du beau langage, tout le goût de l'éloquence, n'étant jamais, pour ainsi dire, que le manteau de la vérité, l'énergie, la concision, la clarté et la simplicité paraissent manquer à nos écrivains, parce qu'ils ne savent pas se faire un style approprié aux objets dont ils traitent.

Il arrive de certaines époques où un peuple

qui a déjà été libre, et qui n'est pas encore avili,
au moment où il perd la rudesse et la pureté de
ses mœurs pour devenir civilisé, mais corrompu, réunit en lui pendant quelque temps,
faiblement et incomplètement, le germe de sa
puissance qui finit, et le germe de sa civilisation
qui commence. Mais bientôt, la vertu s'effa-
çant chaque jour et l'éloquence s'éloignant
de la vérité, cette lumière s'évanouit tout-à-
coup, comme un feu follet. Ainsi Rome eut
des écrivains sublimes, tant pour la force des
pensées que pour l'élégance du style, pendant
le court espace de temps où elle se souvint
encore de sa liberté perdue et de la grandeur
de la république. Sa force première avait été
telle, que, même en s'avançant dans l'esclavage, elle donna aux lettres languissantes un
Juvénal et un Tacite, mais ce furent les seuls ;
et quand elle eut vieilli dans l'esclavage,
Rome ne produisit plus rien de grand. Dans
cette décadence générale, il est à remarquer
que l'autorité absolue des empereurs qui se
succédèrent détruisit jusqu'à cette timide élégance de style qui, ayant reçu le jour sous
le règne d'un tyran, et étant dénuée d'élévation, de force et de vérité, semblait devoir se
perpétuer sous d'autres tyrans. Preuve évidente de notre erreur, lorsque nous pensons

qu'un gouvernement absolu puisse vraiment
protéger les lettres, fussent-elles déjà détournées de leur but direct et légitime.

Il me paraît donc que la perfection des
lettres, considérée sous le rapport de l'élégance, que nous regardons trop souvent
comme la perfection, doit naître plus facilement dans une société esclave et de mœurs
corrompues que chez un peuple libre et in-
tact, quoique Athènes nous offre la preuve du
contraire. S'il en est ainsi, je crois que cette
perfection des lettres est une conséquence
immédiate de la corruption qui commence
pour ce peuple qui, pendant quelque temps
encore, peut exister libre et corrompu. Voilà
ce qui explique, selon moi, la contradiction
apparente que l'on remarque entre les Athéniens et les autres peuples civilisés qui ont
existé depuis. La corruption devenant par la
suite extrême et générale, lorsque la liberté
est entièrement éteinte, elle corrompt enfin
et étouffe en peu de temps les lettres, comme
tout ce qui est utile. Si cependant il arrive
alors que les lettres puissent se soustraire à la
ruine générale, elles tombent dans un tel
degré d'abaissement, qu'elles se dénaturent,
pour ainsi dire, et, s'éloignant de la vérité,
deviennent à leur tour une cause de corruption,

répandent de fausses idées politiques, et la corruption qui naît d'elles surpasse celle dont elles ont reçu le jour.

Les lettres peuvent donc être alternativement la cause et l'effet de la corruption des mœurs, selon les temps et les circonstances où se trouve un peuple, et selon l'espèce d'hommes qui les cultive; mais aussi, bien cultivées, elles peuvent et doivent produire la liberté et la vertu.

CHAPITRE III.

Les lettres naissent d'elles-mêmes, mais semblent avoir besoin de protection pour se perfectionner.

A peine l'homme a satisfait à ses premiers besoins, qu'il sent dans son cœur la nécessité innée de se distinguer de ses semblables, de faire mieux qu'eux, ou de plus grandes choses, et de leur être d'une utilité qui tourne à son propre avantage. Chez les peuples sauvages, cet amour de la gloire consistera dans la volonté d'être le premier dans l'exercice de la pêche et de la chasse ; chez un peuple guerrier, chacun voudra être le premier soldat ; et chez une nation civilisée on voudra être le plus grand politique, le plus grand philosophe, le plus grand historien, le plus grand poëte.

Cela admis, la première impulsion pour les lettres, comme pour les autres arts, est toujours ce penchant naturel et inné qui porte à se distinguer ; cette tendance humaine doit être considérée comme la première et la vraie base de quelque art que ce soit. Mais que, dans plusieurs individus, cette tendance, quoique très-forte, ait suffi pour leur faire perfectionner les lettres, c'est un problème, négativement résolu par la plupart des écrivains, surtout par ceux qui ont vécu sous un gouvernement monarchique. Je suis d'un avis opposé, et je tâcherai de le justifier en traitant à fond cette question. Elle me paraît être du nombre de celles qui semblent évidentes à qui ne les approfondit pas, mais qui ne le sont point pour ceux qui veulent bien y réfléchir. On dit journellement : « Ce jeune homme a » reçu de la nature un grand talent pour la » poësie, mais il ne pourra jamais s'y livrer, » parce qu'il est né de parens peu fortunés qui » l'obligent d'étudier le droit. »

Je demanderai : « Ce jeune homme est-il » tellement misérable qu'il soit réduit à la » mendicité ? Non ; donc il n'est point pressé » par les besoins de première nécessité. » Je poursuis : « A-t-il reçu assez de cette instruction » qui met un homme dans le cas d'agir d'après » lui-même ? Il a fait de bonnes études et avec » distinction ; s'il en était autrement nous » n'aurions pas la témérité de le juger capable » de se distinguer dans les lettres. » Il suffit, et je conclus : « S'il a vraiment le génie que vous » lui supposez, ce génie l'enflammera et l'o- » bligera malgré lui à composer des vers ; ni

» la nécessité, ni les réprimandes de son père
» ne pourront le contraindre à étudier et à
» professer le droit. Ainsi en advint-il au
» divin Pétrarque, au Tasse, à Ovide, pour
» citer ici un des anciens, et à tant d'autres
» que je ne nomme pas. Si donc ce jeune
» homme est né pour être un grand poëte,
» il le sera malgré tout, parce que la nature
» est plus forte que tout. »

Mais on confond souvent un talent médiocre,
de légères dispositions, avec la véritable inspiration; c'est pour cela que l'on s'est plaint
tant de fois que la gloire présumée de futurs
grands hommes ait été étouffée par des circonstances qui, dit-on, leur ont été contraires,
et qui, si elles leur eussent été favorables, n'auraient servi qu'à détruire une flatteuse pers-
pective. Cela me fait penser, et non sans raison, que la protection peut bien être favorable aux esprits médiocres, qui par ce moyen
donnent quelques fruits que sans elle ils n'auraient pas produit; mais je la déclare totalement nuisible aux vrais talens, puisque ceux-
ci auraient sans elle un essor beaucoup plus
grand. La preuve de ceci nous sera encore
fournie par des exemples : Le Dante ne fut
point protégé, que laisse-t-il à désirer ? Plus
d'élégance, dira-t-on; mais il en eut autant

qu'il était possible d'en avoir dans son siécle, et bien plus qu'aucun de ceux qui l'ont précédé dans la même langue. Horace et Virgile furent protégés, et, par cela même, produisirent d'autant moins que chaque jour la dépendance et la crainte diminuaient l'énergie dont leur âme n'était pas fortement douée. On m'objectera que Le Dante ne se serait pas servi d'expressions aussi rudes, bizarres et obscures dans une cour délicate et polie, comme était celle d'Auguste ; cela peut être, mais aussi Virgile et Horace, hors de cette cour, ne se seraient pas souillés de tant de basses et fausses adulations : lequel est le pire?

Il se peut aussi que ceux-ci n'eussent rien écrit sans la protection d'Auguste; mais que pourrait-on en conclure? qu'ils n'obéissaient qu'à une impulsion faible et secondaire. Horace dit de lui-même, avec une impudence tout-à-fait ingénue :

. . . . *Paupertas impulit audax,*
Ut versus facerem. Sed, quod non desit habentem,
Quæ poterunt unquam satis expurgare cilutæ,
Ni melius dormire putem, quam scribere versus (1).

---

(1) L'audacieuse pauvreté me poussa à faire des vers ; mais si j'étais riche, quel puissant remède ce serait pour me guérir de cette folie! et que j'aimerais bien mieux dormir que d'écrire des vers !

Il est évident qu'un auteur qui parle ainsi de lui-même, qui avoue la nécessité comme le premier moteur de sa veine, et qui regarde l'oisiveté comme le souverain bien, ne ressent certainement aucune exhaltation d'esprit et ne possède ni ce caractère élevé, ni ce cœur ardent qui seuls peuvent élever le caractère et enflammer le cœur de ses lecteurs. Avec un tel mobile, Horace devait donc exprimer de très-faibles pensées avec une élégance infinie. Ce fut ainsi qu'il écrivit et qu'il pensa, parce qu'il était né pour penser et pour écrire ainsi. Le Dante, que l'oppression et la nécessité contraignirent à errer comme un proscrit, ne cessa pas pour cela de faire des vers, et il ne déprécia ni lui, ni ses écrits par de plates adulations, ni par l'omission d'utiles vérités. La nécessité qui contraignait Horace à écrire ne lui permettait pas d'être autre chose qu'un gracieux écrivain, tandis que cette même nécessité ne pouvait empêcher Le Dante de rendre avec force ses sublimes pensées. Ces deux écrivains avaient donc une âme d'une nature bien différente.

Mais que conclure de cette longue digression? Que la protection des souverains peut quelquefois être utile, ou au moins ne pas nuire à la perfection des lettres; quant à la pureté de la langue et à l'élégance du style ; mais qu'elle nuit essentiellement à la perfection de l'art véritable, qui consiste principalement dans la liberté de la pensée et dans l'énergie de l'expression. On doit cependant excepter la protection qu'accorderait une république pure, non par caprice ou par faveur, mais avec discernement et avec une juste et impartiale libéralité. Un homme qui écrit sincèrement dans l'intérêt public peut sans rougir recevoir du public une récompense qui n'est que le retour d'un premier bienfait ; mais comment peut-il en accepter une d'un prince dont l'intérêt particulier se trouve toujours en opposition avec l'intérêt général ? et quelle est la manière dont ce prince peut la lui accorder ? Le voici : si un écrivain a falsifié les choses aux yeux de la multitude et s'est, par là, attiré son mépris et sa haine ; s'il a affaibli la vérité pour faire sa cour ; ou s'il l'a déguisée ou entièrement omise pour ne point offenser le prince. Celui qui, par timidité ou par bassesse, s'est mis dans ce cas ne doit jamais prétendre à une solide réputation ; et si, d'un autre côté, il ne s'est montré ni bas, ni timide, il n'aura certainement jamais à redouter la générosité du prince.

Si l'on veut une preuve de la différence

qui existe entre l'influence des lettres non
protégées, et leur influence quand elles sont
soumises à la protection, qu'on examine la
seule formule d'usage dont elles se servent
diversement dans des circonstances semblables. Sous un prince qui protège les lettres
et qui leur laisse quelque latitude, on van-
tera leur liberté, et on proclamera l'énergie
et le courage de tout homme qui, dans un
livre, dans un sermon, dans un discours, ou
dans tout autre ouvrage, osera prononcer
les paroles suivantes : « L'ignorance est enfin
» ouvertement combattue et vaincue, et
» l'heureux jour est arrivé où l'on ose porter
» la vérité toute nue jusqu'aux pieds du
» trône, etc., etc...... ». La vérité aux pieds
de l'erreur et de l'artifice! la vérité qui ne
peut subsister et triompher qu'en les abattant
toutes deux! Comment concevoir une idée
plus fausse, et où trouver une phrase plus
pleine d'iniquité et d'adulation! Au contraire,
les lettres hors de l'atteinte de la protection,
et l'écrivain vraiment libre, s'exprimeront
ainsi : « Il est donc enfin arrivé, ou il ne peut
» pas tarder à paraître cet heureux moment
» où la simple vérité, exposée aux regards
» des peuples opprimés, va être replacée sur
» le trône où elle doit être seule et à l'aide

» de justes lois régner indistinctement sur
» tous les hommes ». Cette dernière pensée,
brusquement exprimée, si elle peut l'être
avec trop de rudesse, comparée avec la première, qui nous vient de Cicéron même, ne
prouve-t-elle pas que les lettres sont plus
utiles et plus parfaites où elles s'expriment
ainsi, que lorsqu'elles doivent parler dans un
sens contraire ?

Il résulte donc de ce chapitre que, bien
qu'en apparence les lettres semblent avoir
besoin de protection pour se perfectionner,
il n'en est pas ainsi, puisque l'on ne peut
faire consister la perfection réelle d'une chose
que dans la plus grande utilité dont elle est
au plus grand nombre. Je ne dis pas seulement
que les lettres peuvent être utiles au peuple
quand elles ne sont pas protégées par le
prince, mais je dis qu'il n'y a que celles-là
qui puissent lui être utile. Bien loin de là,
quand elles sont protégées elles nuisent au
lieu de servir, puisqu'elles ôtent à l'écrivain,
et par conséquent au lecteur la faculté de
pousser aussi loin que cela est possible ses
pensées et son raisonnement, et puisqu'enfin,
par cette élégance énervée et cette facilité de
style, les lettres accréditent et perpétuent mille
erreurs politiques dangereuses et mortelles.

CHAPITRE IV.

Comment et jusqu'à quel point les grands hommes peuvent se soumettre aux gens médiocres.

Souvent cette manie même qui s'empare de l'homme et l'excite à tâcher de se rendre supérieur à ses semblables, lui fait aussi envisager un but moins noble que la supériorité que l'on acquiert dans les ouvrages d'esprit, comme le luxe et la richesse. Le plus grand homme est un homme, et par conséquent peu de chose. Il peut donc, avec un amour passionné pour la vraie gloire, souhaiter en même temps une meilleure table, des chevaux, enfin tout ce qui peut contribuer aux délices d'une vie voluptueuse et recherchée. La vie littéraire porte avec elle un certain poison qui amollit l'ame en énervant le corps. C'est ce poison qui fait naître le désir effréné d'améliorer son sort, qui s'identifie, sinon entièrement, au moins en partie, avec un écrivain, et qui diminue sa valeur personnelle et sa réputation. Me sentant plus homme que qui que ce soit à l'égard de ces puérilités, il y aurait de la démence et de l'orgueil de ma part si je n'étais indulgent pour ces faiblesses. Je répéterai cependant ce que j'ai dit plus haut, que la disposition qui nous porte à rendre notre situation meilleure, peut être sans inconvénient dans toute autre profession que celles des lettres ; mais que cette disposition est mortelle pour un tel art. D'après cela, je ne conseillerai de se vouer aux lettres qu'à ceux qui n'éprouvent ni le besoin ni la volonté de s'enrichir, et j'engagerai au contraire ceux qui ne sont point dans de semblables dispositions, à donner la préférence sur les lettres à un métier quelconque.

Néanmoins, ne voulant pas, de ma propre autorité, interdire ainsi les lettres à ceux qui manquent de pain ou qui ont besoin de superfluités, je veux examiner impartialement, et au jour de la saine raison, si un véritable homme de lettres doit se laisser protéger par un homme plus puissant que les autres, et jusqu'à quel point il peut se soumettre à cette protection, c'est-à-dire, jusqu'à quel point le plus grand doit vouloir se courber devant celui qui lui est inférieur. Pour prouver combien cette supposition est fondée, il suffit de citer à l'appui l'exemple des écrivains et des princes célèbres. Les premiers, s'ils sont

5

dignes de leur noble profession, doivent montrer en eux la perfection à laquelle il est donné aux hommes d'atteindre. Quant aux autres, s'ils sont nés ou élevés pour le trône, ils doivent offrir et offrent presque toujours un modèle de l'infériorité de notre espèce. Dans un tel état de choses, examinons, sans aucune prévention en faveur des écrivains, si les écrivains perdent plus que le prince ne gagne.

Que peut donner un prince à un écrivain ? Des honneurs, des promesses, de l'argent, toutes choses qu'il possède en abondance, qui ne lui coûtent rien et qui n'exigent aucune connaissance pour en faire part aux autres : ce serait cependant une chose utile que de savoir discerner le mérite ; mais un prince ne le faisant presque jamais, et d'ailleurs ne le pouvant pas, j'écarte entièrement cette question. Qu'est-ce que l'écrivain donne en échange au prince ? s'il est poëte, des louanges ; s'il est historien, des mensonges ; s'il est philosophe, de fausses maximes ; s'il est politique, d'insidieux principes. Ainsi, à l'exception des hommes qui s'occupent de sciences exactes, dont je parlerai plus tard, de quelque pays que soit un écrivain, et quelque soit le genre auquel il s'est adonné, il ne peut acquitter sa dette envers le prince, lui être utile ou lui plaire, qu'en reniant ou en voilant la vérité, et par conséquent en immolant l'intérêt public à l'éclat et au pouvoir absolu d'un seul homme.

Pour le démontrer, je n'aurai recours qu'à des faits; Socrate, Platon, et cette foule de philosophes qu'a produits la Grèce; Homère, Eschile, Démosthènes, Sophocle, Euripide, et tous les grands écrivains de l'antiquité, n'eurent jamais pour but la faveur d'un prince; et voilà pourquoi leur divin génie sut se soustraire à ce qu'a de dangereux la protection souveraine. Il en est de même parmi les modernes qui ont réellement contribué à éclairer le monde, en montrant le pouvoir et les droits de l'homme, tels que Locke, Bayle, Rousseau, Machiavel; et aussi parmi ceux qui l'ont instruit en l'amusant, comme Le Dante, Pétrarque, Milton et quelques autres. Tous ceux que je viens de citer n'eurent aucun rapport avec les princes, et si pourtant il se trouve de bons auteurs entachés du nom de courtisans, tels que Molière, Corneille, Racine, Arioste, Le Tasse, et quelques autres qui, à force de respects et d'adulation, atténuèrent la sublimité de leur génie et de leurs écrits; encore doit-on convenir que partout où ils le purent, ils laissèrent entrevoir leur indignation contre les temps , contre les souverains et contre eux-mêmes , en déplorant la nécessité qui les avait rendus esclaves ; mais comme le lecteur ne tient compte à un auteur que de son livre, sans prendre en considération les circonstances particulières dont il peut être environné, puisque, s'il n'a pas la liberté de dire des choses utiles, il a au moins celle de ne rien dire, il s'en suit que les auteurs sont appréciés au-dessous de leur mérite , précisément parce qu'ils sacrifient bassement, ou à la terreur qu'ils éprouvent, ou à la force qu'ils redoutent, et parce qu'ils vendent aveuglément leur talent, leur temps, leurs principes , pour de honteux bienfaits qui flattent leurs sens en étouffant leur renommée.

Je conclus donc , d'après ma conviction, qu'un écrivain perd d'autant plus de facultés de son esprit qu'il accroît sa dépendance, de quelque nature qu'elle soit ; et qu'au contraire il élève son âme, sa pensée et ses écrits en raison de sa liberté et de sa hardiesse à secouer toute espèce de joug, et même le joug de la crainte, en exceptant celui qu'impose le respect dû aux lois et aux mœurs.

« Mais, dira-t-on , si un écrivain peut re-
» cevoir une autre protection qui n'a rien
» d'avilissant, comme celle de son égal et de

» son ami, devra-t il se soustraire à celle
» d'un prince, si celui-ci n'agit que comme
» un ami particulier »? Je réponds à cela :
« si un écrivain, en se mettant dans la dépen-
» dance d'un égal, court le risque d'éprouver
» des contrariétés, il n'a pas du moins à re-
» douter que cela influe nécessairement sur
» sa manière de penser et d'écrire, parce que
» son égal et son ami peuvent partager ses idées
» sur les choses humaines et ne pas abhorrer
» ni craindre la vérité qui leur est utile, ainsi
» qu'à tous; tandis qu'un prince, qui n'a ni amis
» ni égaux, ne peut jamais se trouver dans la
» même situation. »

Il n'est donc aucune manière dont un écrivain puisse se soumettre à la protection souveraine sans compromettre ensemble lui, ses écrits
et sa réputation, à moins qu'il ne se dépouille
de cette avidité qui nous entraîne vers les superfluités de la vie, et qu'il aille exister dans
d'autres États sans jamais rien communiquer
de ses travaux au Prince. De telles relations
sont trop inusitées et trop bizarres pour que
je les donne autrement que comme une chimère, et elles prouvent assez que, dans aucun
cas, il ne peut y avoir de contrat légitime entre
l'écrivain et le prince. Supposons qu'il puisse
exister un prince protégeant les lettres sans

les soumettre à son inquisition, un écrivain
qui en recevrait des récompenses, même en
ne lui prodiguant que des outrages, car c'est
un outrage que de montrer sans cesse la vérité à celui qui est environné d'erreurs, ne
perdrait peut-être rien comme écrivain, mais il
perdrait beaucoup de la considération et de la
reconnaissance publique. Il ne peut être honorable de chercher à nuire à qui nous est utile;
et comment, dans quelque genre que ce soit,
faire un bon livre où l'existence, le pouvoir et
les maximes des princes ne se trouvent contre-
dites, et où par conséquent ils ne se trouvent
offensés plus ou moins, soit par un préjudice
immédiat, soit que ce préjudice ne doive
éclater que dans l'avenir?

Entre un prince et un écrivain qui savent
et exercent tous deux leur métier, il ne peut
donc jamais exister d'alliance réelle, de réciprocité d'harmonie, ni enfin aucun lien
commun.

CHAPITRE V.

*De l'énorme différence qu'il y a entre la pro-
tection accordée par le Prince aux Gens de
Lettres et aux Artistes.*

Mais une autre classe d'hommes distingués
se présente à mes regards, et je les appellerais
volontiers écrivains muets. Ce sont ces artistes
qui, avec des toiles, des bronzes, des marbres,
ou autres matières semblables, se font une
grande réputation et procurent aux autres
beaucoup de jouissances et quelque utilité.
Comme imitateurs et peintres de la nature, ils
marchent presque sur la même ligne que les
gens de lettres ; l'opinion générale et les écrivains eux-mêmes élèvent leurs œuvres jusqu'au
ciel, et les plus grands d'entre eux sont compa-
rés aux plus grands auteurs. On croit et l'on
assure que l'impulsion des premiers artistes
est absolument la même que celle des premiers
écrivains, comme si les arts et les lettres étaient
une seule et même chose , et comme si, entre
Michel-Ange et Le Dante, il n'y avait de différence que celle qui existe entre les instrumens
dont ils se sont servis pour rendre leurs con-

ceptions, le ciseau et le pinceau étant pour
l'un ce que l'encre et la plume étaient pour
l'aurte.

J'accorde aux grands artistes le tribut d'hom-
mage et d'admiration qui leur est dû, mais je
ne pense pas tout-à-fait ainsi; et voulant découvrir la source où a été puisé le moderne
enthousiasme que l'on professe plus pour les
arts que pour les lettres, je trouve encore
pour principale cause le pouvoir absolu, qui,
n'ayant rien à craindre des arts, les encourage,
tandis qu'il étouffe les lettres qu'il redoute, ou
du moins les détourne de leur but, les décrie
ou les enveloppe d'entraves. Mais il semble
que les arts eux-mêmes, démentant dans le silence leur dépendance primitive, concourent
avec les lettres pour prouver le danger de la
protection des princes, puisque dans ce temps
où on leur accorde tant de récompenses, tant
de protection, tant d'encouragemens, ils se
refusent à produire un grand artiste, tandis
qu'ils en donnèrent plusieurs alors qu'on pen-
sait le moins à eux.

Revenant au but que je me suis proposé,
savoir, de prouver la différence existante entre
les arts et les lettres, je dis et je dirai toujours
qu'il n'y a rien derrière le meilleur tableau,
et qu'il n'en est pas de même d'une bonne

page ; qu'en conséquence ce tableau exige
un moindre effort d'imagination, de composition, de conduite, de jugement, de combi-
naisons, de pensées nombreuses et réfléchies,
qu'un bon livre quel qu'il soit, et surtout
qu'un poëme ; aussi produit-il sur les esprits
une sensation beaucoup moindre. Supposons
qu'au lieu des livres grecs et latins que l'antiquité nous a laissés, ses tableaux et ses statues
soient seulement parvenus jusqu'à nous, nous
serions certainement ignorans et barbares,
parce que les écrits de Tite-Live attestent bien
mieux la grandeur de Rome que le Panthéon
et le Colisée.

Il y a plus, c'est que ces sortes de cons-
tructions gigantesques prouvent l'existence
d'une autorité immense et absolue, une longue
stagnation des affaires politiques et le comble
de la corruption ; tandis qu'au contraire les
hautes entreprises et les hommes qui les exécutèrent démontrent qu'un peuple fut grand
et libre.

Ainsi donc, même en admettant qu'une
seule influence agisse par diverses voies et
sur le grand artiste et sur le grand écrivain,
on ne saurait refuser la préférence à celui qui
s'est donné la tâche la plus utile, la plus durable, la plus difficile, la plus dangereuse.

Quiconque regarde d'un œil sain et philosophique les choses de ce monde, ne sera point
choqué de voir assimiler les artistes aux écrivains ; mais il ne pourra souffrir que l'on con-
fonde ensemble et sur la même ligne les arts
et les lettres.

Pour acquérir une preuve de l'immense différence qu'il y a entre l'effet que produisent
les lettres et les arts, il suffira d'examiner
impartialement ce que pourrait concevoir et
produire de grand et d'utile celui qui, ne
sachant pas lire et n'ayant eu aucune commu-
nication avec des hommes d'un esprit cultivé,
aurait néanmoins reçu de la nature un goût
exquis pour les beaux arts, et aurait vu,
examiné et apprécié leurs plus sublimes pro-
ductions. Certes il ne saurait rien, et les
plus beaux tableaux ne pourraient ouvrir son
intelligence, puisque, n'en connaissant pas
même les sujets, il ne pourrait ni les goûter
ni les comprendre. Mais c'est perdre son
temps que de démontrer ce qui n'a pas besoin
de preuves. Je crois pouvoir affirmer que tout
artiste, fût-il doué par la nature des plus
heureuses dispositions pour manier avec succès
le ciseau ou le pinceau, ne sera jamais qu'un
peintre ou un sculpteur médiocre et ignorant,
s'il n'a puisé dans les livres les connaissances

indispensables à l'exercice de son art, ou bien sans atteindre jamais à la perfection, il produira tout au plus quelques vraies, mais grossières imitations de la nature. Les arts sont tous enfans de la pensée, née elle-même de la lecture, ou de la conversation avec des gens qui ont lu, puisque la pensée n'est qu'une combinaison de ce qui a déjà été dit et pensé; une idée que nous appelons neuve n'est jamais que le produit de cent autres idées antécédentes.

Entre les lettres et les arts, j'aperçois donc toute la distance qui sépare le développement de l'intelligence d'avec l'exercice de la puissance des yeux et des mains. On peut très-bien n'avoir jamais vu de tableaux, et, comme Le Dante, tracer des chefs-d'œuvres avec une plume; mais on ne pourrait ressembler à Michel-Ange sans avoir appris dans plusieurs écrivains, tels que Le Dante, à penser, à inventer, à composer.

Pour prouver la supériorité des lettres, non seulement sur les arts muets (supériorité incontestable), mais même sur ce que les hommes peuvent produire de distingué et de vraiment grand, on devra se borner à dire que l'art d'écrire est le seul qui se suffise à lui-même, et le seul aussi pour l'exercice duquel l'artiste n'ait pas besoin de matières étrangères. Ainsi, au peintre, au sculpteur, à l'architecte, il faut des toiles, des couleurs, des marbres, des personnes qui leur donnent et leur paient leur ouvrage; où il n'y a ni peuple, ni État, ni soldats, il ne peut y avoir non plus ni législateur, ni politique, ni administrateurs. Que s'ils veulent tracer leurs vastes desseins sans en voir l'application, ils deviennent écrivains, et parviennent ainsi à la postérité par la voie la plus lente, mais la plus sûre. Qu'on ne me dise pas que c'est précisément parce que l'écrivain trouve tout en lui-même qu'il a plus de facilité. Il n'en est pas ainsi : l'exigeance du public est telle qu'il n'accorde de réputation qu'à ceux qui s'élèvent au plus haut degré, au lieu qu'il a souvent de l'indulgence pour des artistes médiocres, parce qu'un tableau, une statue, un palais ou un temple, même quand ils ne sont pas bons, ne fatiguent pas ceux qui les regardent et sont utiles à ceux qui les possèdent. C'est pour la même raison que l'on accorde aussi une certaine renommée aux législateurs d'un second ordre, et même aux capitaines favorisés par la fortune; tant il est vrai qu'aux yeux du vulgaire les actions l'emportent sur les paroles. En cela, le vulgaire ne songe pas qu'en disant de grandes choses d'une manière sublime, c'est presque les faire; et, le plus souvent, celui qui a bien dit eût surpassé celui qui a bien fait s'il se fût trouvé à sa place. En effet, le premier a dû céder à une impulsion bien plus forte que le second pour se livrer entièrement à l'examen, à la connaissance, à la rectification et à la création d'une chose qu'il ne pouv it exécuter, et dont par conséquent il ne pouvait retirer d'autre fruit que la satisfaction de l'avoir bien imaginée et bien énoncée.

On ne peut peindre avec force ce dont on n'est pas fortement pénétré; et c'est toujours de cette force de pensée que sont nées les grandes choses. En voici des exemples : Homère, s'il eût été à leur place, n'aurait-il pu être cet Achille, cet Agamemnon, ce Priam qu'il a créés et peints avec tant d'imagination, de vérité et de noblesse ? Il est vrai qu'Homère, aux yeux de la postérité, est infiniment au-dessus de ces héros, parce que, outre cette faculté que l'on voit en lui d'exécuter des choses d'une grande et rare valeur et d'un sens exquis, il y joignait l'art divin de les bien imaginer et de les exprimer en les colorant d'une manière admirable.

Je pense donc qu'un grand écrivain est au-dessus de tout autre grand homme; car, outre l'intérêt qu'il inspire comme créateur de conceptions infinies qui doivent éclairer l'avenir comme le présent, on doit convenir qu'il réunit en lui et les héros dont il parle, et l'écrivain sublime qui raconte. Qui ne sait que depuis cet Achille, peut-être entièrement sorti du cerveau d'Homère, tous les guerriers ont voulu plus ou moins ressembler à ce modèle. Mais si un grand écrivain qui veut peindre un héros le compose d'après lui, il le trouve donc en lui. Enfin l'homme ne peut parfaitement inventer ni retracer ce qu'il ne serait pas capable d'exécuter, s'il avait à sa disposition les moyens nécessaires, mais il peut exécuter ce qu'il ne saurait pas imaginer. Voilà pourquoi, si je reconnais un grand homme dans celui qui accomplit de grandes choses, j'en vois deux dans celui qui les conçoit et les décrit dignement.

Revenant à mon sujet, dont je me suis peut-être moins éloigné qu'on peut le croire, j'ajoute que s'il est reconnu comme incontestable qu'un écrivain doit être doué d'un esprit sublime, dès qu'il a en lui tous les moyens propres à l'exercice de son art, il sera également incontestable qu'il déshonore et cet art et lui-même, en recherchant ou en acceptant une protection et des secours dont il peut se passer,

puisqu'il ne lui faut pour exécuter qu'un peu
de papier, de l'encre et du génie, chose que
ne pourra lui donner la puissance souveraine
s'il ne l'a reçue de la nature. Il n'en est pas
ainsi des autres arts. D'abord, comme ils exigent un travail manuel, il est rare que des
personnes d'un rang élevé et ayant de la fortune s'y adonnent; ensuite, comme il faut une
exécution dispendieuse, incommode et fati-
gante, ce sont des difficultés dont un artiste
ne saurait se rendre indépendant. La peinture
elle-même, qui est peut-être de tous les beaux-
arts celui dont les travaux exigent le moins
d'accessoires, peut-elle se vanter d'avoir jamais produit un seul grand peintre qui n'ait
reçu aucun salaire? Tout ce qui est fait pour
être vendu a besoin d'un acheteur, et voilà
tout de suite la dépendance et la servitude de
l'art. Les livres s'achètent de même, mais on
peut en faire aussi sans les vendre, et c'est ce
qui arrivait souvent avant l'invention de l'imprimerie. Mais on n'a jamais vu un peintre qui
ait fait un grand nombre de bons tableaux
avec le seul but de les garder ou de les donner.
Il en est de même des sculpteurs, et surtout
de l'architecte, puisqu'il a encore plus besoin
d'autrui pour l'exécution de ses idées, à moins
qu'il ne se borne à les consigner dans des dessins.

La musique est aussi un art très-noble et le plus puissant peut-être pour émouvoir et pour exprimer les passions et tous leurs effets, quoique cette expression ne soit que momentanée ; la musique pourrait bien se suffire à elle-même jusqu'à un certain point. Mais aujourd'hui les personnes distinguées ne l'exercent que pour leur agrément ; ses compositions d'ailleurs ont besoin de mains pour être exécutées, les notes confiées au papier sont muettes par elles-mêmes, tant que les instrumens ne viennent pas leur servir d'organe. La musique vocale, que l'on doit préférer à toutes les autres, puisque celles-ci n'en sont qu'une imparfaite imitation, est esclave née de l'écrivain, et il serait à souhaiter qu'à l'exemple des Grecs, on ne la séparât point de la poësie.

Ces arts se soumettent donc tous les quatre à la protection des princes, protection sans laquelle ils ne peuvent ni exister ni fleurir, parce que les récompenses et les encouragemens qu'ils reçoivent contribuent à leur perfectionnement sans porter atteinte à la réputation des artistes. Mais que les divines lettres dédaignent, abhorrent et fuient toute protection, elle leur deviendrait mortelle, puisqu'elle serait également funeste à ceux qui les cultivent !

C'est peut-être sans connaître le véritable

motif qui les dirige, que les princes récompensent les arts ; mais il n'en est pas moins
vrai qu'ils en font ainsi les instrumens de leur
grandeur. Ils ne peuvent se dissimuler qu'un
vaste et superbe palais, où les tableaux et les
statues se mêlent aux ornemens et aux do-
rures, ne soit ce qu'ils ont de plus imposant ;
ils n'ignorent pas qu'aux yeux d'un imbécille
vulgaire, celui qui vit au milieu de tant d'objets précieux passe pour grand ; et s'ils se refusent à récompenser, à accueillir et à élever
les grands écrivains, c'est qu'auprès de ceux-ci
ils ne tarderaient pas à leur paraître inférieurs. Si Platon eut habité le même palais
que Denys le Tyran, qui eût fait attention
à Denys?

Quoique la sculpture et la peinture puissent,
sous une fausse apparence de liberté et de
philosophie, jeter un peu de jour sur les
traits les plus marquans de l'histoire ancienne,
et consacrer le souvenir des entreprises de
la liberté, comme ce sont des arts muets, on
les laisse faire, parce qu'on ne les regarde que
comme peu redoutables. Un prince ne don-
nera sûrement pas pour sujet à un peintre la
mort de Lucrèce ; cependant il pourra récompenser l'auteur et placer son tableau dans
la demeure royale, quoique sur le premier

plan on voie le grand Brutus transporté contre les tyrans et les menaçant de son glaive. Mais l'écrivain qui dirait de Brutus tout ce que le peintre a dû et voulu faire penser, qui témoignerait enfin toute l'admiration qu'inspire un si grand homme, serait, ainsi que son livre, fort mal reçu dans le palais des rois. Pourquoi cela? parce que jamais ni une statue de Brutus, ni un tableau, fût-il de Michel Ange, le seul homme peut-être digne de le représenter, ne fera venir à la pensée des paroles aussi énergiques que celles de Tite Live. Elles sont ainsi conçues : *Juro, nec illos, nec alium quemquam regnare Romæ passurum* (1).

_____

(1) Je jure de ne laisser regner à Rome ni les Tarquins ni d'autres tyrans.

CHAPITRE VI.

On peut devoir à la protection un éclat passager ;
mais on ne peut tenir que de son propre mé-
rite une gloire éternelle et véritable.

JE ne puis mieux commencer ce chapitre
que par cette pensée de Tacite : *Meditatio et*
labor in posterum valescit ; canorum et pro-
fluens, cum ipso scriptore simul extinctum
est (1).

Je ne crois ni ne prétends dire et exposer
des choses nouvelles, quoique peut-être elles
n'aient jamais été présentées dans le même
ordre ; il me semble au contraire que les artistes comme les gens de lettres les doivent
savoir, et même mieux que moi : ce qui me
porte à le croire, c'est qu'en parcourant
l'histoire de leur vie on en trouve maint
exemple, avec cette différence que les uns
louent les princes sans les estimer, tandis
que d'autres reçoivent d'eux le sujet de leurs

---

(1) La méditation et le travail gagnent encore aux
yeux de la postérité ; l'élégance et l'harmonie s'ou-
blient avec le nom de l'écrivain.

ouvrages, de leurs poëmes, ou de leurs tableaux. Il en est qui consentent à gâter leurs
travaux dans les temples, dans les palais, dans
les monumens publics, pour complaire aux
caprices de l'ignorance ou de la présomp-
tion de ceux qui les paient ou qui les pro-
tégent ; mais tous s'accordent pour maudire le
moment et la nécessité qui, disent-ils, les ont
mis en rapport avec des gens qui peuvent tout,
mais ne comprennent rien, et qui sont plus
capables de glacer le génie que de lui donner
un conseil.

Ces plaintes justes et nombreuses m'assurent
que la plupart des hommes, même en réfléchissant, en connaissant, en saisissant les
causes réelles des choses, ne s'abusent pas moins
eux-mêmes, et ne peuvent s'affranchir du
doute qui leur cache s'ils sont ou non dans
l'erreur. La cause ordinaire de ceci est qu'en
général personne ne veut reconnaître le passé
dans le présent, et dans le passé l'avenir ; ou,
pour mieux dire, c'est parce que l'on ne veut
presque jamais regarder que le présent, et
qu'on l'envisage sous un faux aspect.

La raison ordinaire, mise sans cesse en avant,
est que le présent nous touche de plus près :
cette puérile sentence ne saurait venir d'un
homme capable de grandes choses, d'un

homme auquel je suppose et chez qui je dois trouver une noble ardeur qui allume en lui l'amour de la gloire, son premier sinon son seul mobile. Que si un poëte, un orateur, un historien, un philosophe osent dire qu'ils n'ont pas de quoi vivre, tout ce qui porte une âme élevée a droit de leur répondre avec indignation : « Et pourquoi donc, n'ayant » pas de quoi vivre, ne vous êtes-vous pas » voués à une profession manuelle? elle vous » procurerait une existence plus certaine; le » prix de votre travail n'aurait rien d'avilis- » sant, et vous n'auriez jamais à rougir de » l'avoir reçu. »

Je vois clairement que, sous l'expression consacrée *Besoin de vivre*, la plupart de ceux qui l'emploient recherchent et ambitionnent de vaines et inutiles superfluités. De même sous le nom de renommée, on ne poursuit autre chose qu'une célébrité facile et passagère, qui consiste à être flatté et recherché de ses con- temporains et à entendre son nom voler de bouche en bouche. Ces honneurs éphémères, que je ne sais comment nommer, la médio- crité les obtient facilement du pouvoir sou- verain; mais aussi le temps, qui rectifie toutes les erreurs, les détruit d'un souffle, et avec elles la sotte vanité et le renom momentané du protecteur.

Un homme qui a reçu du ciel les qualités nécessaires pour se distinguer dans un art, s'il joint à cette disposition naturelle une volonté ferme, doit, avant toute chose, ambitionner le contentement de soi-même; par conséquent il commencera par se connaître et s'apprécier avec défiance. La plupart des autres hommes lui sont inférieurs, et il en est peu qui l'égalent, ou bien l'envie et d'autres passions honteuses les aveuglent, ou enfin, étant livrés à d'autres spéculations que les siennes, il est rare qu'ils soient assez éclairés et assez connaisseurs pour être juges compétens dans son art.

On ne saurait, dans aucun art, séparer l'idée du beau de l'idée du vrai; tous les hommes le sentent plus ou moins : mais qui pourrait porter ce sentiment au même degré que celui qui est capable de le produire ? Mille obstacles paralysent le jugement des autres: mais lorsqu'un écrivain a vu se calmer le feu créateur qui l'anime dans la composition, rien ne s'oppose à ce qu'il porte un jugement sain sur ses propres ouvrages; pourvu toutefois qu'il veuille ne les juger que d'après

la première impression dont son esprit sera
frappé en les relisant ou en les entendant lire,
lorsque le souvenir en est effacé de sa mémoire. Cela pourra arriver à tout écrivain
qui aura contracté la sage habitude de faire
succéder un travail à un autre, de manière à
les laisser reposer alternativement. Mais pourquoi changer d'objet? je marche toujours
vers mon but, il est trop présent à mon cœur
pour qu'il s'efface de mon esprit. Le grand
auteur, c'est-à-dire, l'imitateur et le peintre
de la nature qui la représente moins comme
elle est que comme elle devrait être, doit
écouter tout le monde et ne dédaigner aucun avis. Mais du moment qu'il s'est formé
d'après les chefs-d'œuvres qui l'ont précédé,
il doit avant tout rechercher les suffrages
des artistes et sa propre approbation; cela
importe d'autant plus que c'est ainsi qu'il
pourra plaire par la suite à vingt générations,
au lieu de satisfaire la partie abâtardie d'une
seule. Ce n'est pas par orgueil qu'il doit en
agir ainsi, mais par la profonde connaissance du cœur humain qu'il aura acquise
en lisant, en réfléchissant et en pesant les
choses passées; ce sera aussi par la connaissance intime de soi-même et des forces que
l'exercice lui aura fait acquérir, en se com-

parant aux grands auteurs, et ses écrits à leurs ouvrages. Voilà comment le regard sublime d'un homme qui veut devenir grand embrasse d'un seul coup d'œil le passé, le présent et l'avenir, s'étudie dans les autres et les autres en soi, et pousse aussi loin qu'il est donné aux hommes de le faire la connaissance du naturel, du beau, du juste et du vrai. Or, un écrivain imbu de semblables pensées se laissera-t-il protéger dans l'exercice sublime de son art, lorsque l'exemple du passé lui fera voir la protection atténuant le mérite et des auteurs et des ouvrages ? Celui qui a besoin de secours pour vivre, peut-il porter aussi loin l'impartialité de ses raisonnemens et de ses réflexions ? Et d'après cela, ne devra-t-il pas plutôt avoir recours à un autre moyen, que l'exercice d'un art sublime, pour se procurer les plus indispensables besoins de la vie ?

L'homme doué de dispositions pour connaître le vrai, et qui se sent capable de l'exprimer avec force et élégance, doit, ou avoir assez pour vivre, ou se contenter de peu, ou renoncer à un but qu'il ne saurait atteindre.

Mais j'aurais l'air d'établir des paradoxes si, par des exemples, je ne cherchais à prouver ou au moins à appuyer ce que j'avance. « La

» renommée de Virgile est grande, sans doute ;
» qui ne s'en contenterait pas! Bien loin de
» l'avoir surpassé, quel est celui même qui
» l'a égalé ? Il était cependant protégé et
» nourri par Auguste ». Je réponds : « La re-
» nommée des œuvres de Virgile est grande,
» j'en conviens, et telle que le méritent pres-
» que toutes les parties de ses écrits; celles qui
» sont compatibles avec la timidité de l'auteur
» et l'avilissement de sa dépendance, se mon-
» trent toutes parfaites; choix d'expressions,
» noblesse de diction, variété de style, har-
» monie imitative, vivacité de coloris, clarté,
» concision, décence, et mille autres qualités.
» Mais la partie la plus importante de tout
» ouvrage, l'utilité, qui doit au moins tenir
» autant de place que l'agrément, cette partie
» divine, qui a pour base la vérité et la force
» de la pensée et du sentiment, manque presque
» entièrement à Virgile ». En voici la preuve :
lorsque Énée est descendu dans les enfers, il
voit passer devant lui les grands hommes qui
doivent illustrer Rome et la rendre un jour
la maîtresse du monde. Comment ce véridique
auteur, ce penseur, ou plutôt ce froid chro-
nologiste, ose-t-il nommer des premiers, César
et Auguste, et accompagner leur nom de plus
de louanges que ceux des Scipions, des Régulus,

des Fabricius, des Fabius qu'il accompagne à
peine du misérable cortége de quelques vers !
Non content de cela, Virgile consacre dix-
neuf vers touchans et admirables à la mémoire
d'un jeune Marcellus, petit neveu d'Auguste,
qui serait toujours resté dans l'oubli sans la
basse sublimité de ces vers. Il suffit à Virgile
d'un demi vers pour Caton, de trois seulement pour Junius Brutus, et il ne dit pas un
mot de Marcus Brutus. Beaucoup d'autres
grands hommes sont à peine mentionnés, un
plus grand nombre totalement oubliés ; et, qui
le croirait ? parmi ceux-ci se trouve le grand
Cicéron, parce que cet orateur sublime venait
de tomber victime de la main tyrannique
d'Auguste, qui, encore rouge et fumante du
sang des Romains, nourrissait et avilissait le
poëte qui n'avait rien de Romain. Bien plus,
Cicéron est insulté par la lâcheté de Virgile,
si manifeste en ces paroles : « *Orabunt (alii)*
» *causas melius* » (1), par lesquelles un excellent auteur latin accorde avec une impudence
mensongère la palme de l'éloquence aux
Grecs, ou à qui la voudra ; et cela, dans la
seule vue de la ravir à Cicéron. A un tel passage, le lecteur, plein d'une juste indignation,

_____

(1) D'autres peuples auront de meilleurs orateurs.

entendra malgré lui une voix intérieure lui dire : « Voilà la faveur d'Auguste ; voilà l'uti-
» lité qui résulte pour les lettres de la pro-
» tection des princes ; voilà la fourberie, la
» bassesse et l'erreur qu'on ne peut pas plus
» détacher d'eux que de leurs cliens. »

Il me paraît incontestable que dans cet en-droit, et dans plusieurs autres semblables, Virgile a plutôt recherché l'approbation d'Auguste que la sienne propre ; et c'est en cela seulement qu'il a osé ne point imiter Homère, qui jamais n'a flatté personne aux dépens de la vérité ; enfin s'il songea peu à la grandeur de Rome, il négligea encore plus le soin de sa renommée aux yeux de la postérité. Ainsi donc, lorsque Virgile écrivait de telles choses, il ne sentait pas l'importance d'une charge aussi sublime que celle d'être parmi ses contemporains le poëte national du plus grand peuple qui ait jamais existé sur la terre, et qui, courbé alors depuis peu de temps sous l'esclavage, n'en était pas encore le dernier ; ou bien, s'il sentait cette importance, il la trahissait, ce qui est pis. Il ne se connaissait donc pas lui-même, puis-qu'il ne regardait pas son sublime talent comme capable de rendre à la liberté et d'enflammer pour la vertu un peuple quel qu'il fût. Et si lui-même ne pouvait se flatter de tant obtenir, un poëte vraiment romain aurait, du moins en l'essayant, satisfait à ce qu'il devait à lui, à la patrie et à la gloire de tous deux. Mais pourrons-nous jamais croire que Virgile, ce profond scrutateur des affections humaines, ne sût pas tout cela aussi bien que nous ? Non, sans doute. Cependant il agit différemment; pourquoi ? parce qu'il ne sut ou n'osa pas se connaître et s'apprécier ; c'est pour cela que son poëme est inférieur à ce qu'il aurait pu et dû être; et c'est pour cela enfin que le poëte même est resté au-dessous de son poëme.

S'il n'avait donc pas eu en lui cette dépravation que donnent toujours les faveurs d'un maître, Virgile et son livre seraient au-dessus de ce qu'ils sont. Qu'on n'appelle donc jamais grand, que ce qu'il n'est pas possible de faire mieux ! Dans un poëme qui, sous un autre titre, a Rome pour objet, on devrait trouver une grandeur, une vérité, une liberté et une force que l'on cherche en vain dans les parties consacrées aux réflexions et à l'utilité. Virgile a donc sciemment trahi la gloire de Rome en lui préférant celle des Césars ; il a en même temps beaucoup nui à la sienne, et cela, parce qu'il ne s'est pas connu, ou bien il n'a pas osé se connaître, s'apprécier et chercher à se plaire à soi-même.

Ce mot *soi-même*, que je fais si souvent revenir, doit tellement s'identifier avec le mot *vrai*,
que lorsqu'un auteur, après avoir mûrement
examiné son ouvrage, comme si c'était celui
d'un autre, dit : *voilà qui me déplaît*, c'est
absolument comme s'il disait : *voilà qui n'est
pas le vrai :* avec ces restrictions toutefois que
réclament les facultés bornées de notre nature,
mais qui jamais ne vont jusqu'à confondre le
faux avec le vrai.

Quelques personnes, pour détruire d'un
seul mot tous mes raisonnemens sur Virgile,
diront qu'il n'aurait peut-être pas écrit sans
la protection d'Auguste. Je répondrai que cela
peut être, que même je le crois ainsi, et que
de toute manière on doit beaucoup de reconnaissance à Auguste pour un si beau poëme,
où les lacunes ne sauraient contrebalancer les
beautés dont il fourmille; tel sera l'avis de
tous les amateurs de poësie qui lisent et doivent lire l'Énéïde avec tant d'enthousiasme.
Mais celui qui voit en grand est justement
forcé de reconnaître que le bien d'une chose
n'en retranche pas le mal; que l'on doit, autant
que cela est possible, viser toujours à cette
perfection inséparable de l'utile et qui dérive
indispensablement de la simple vérité, ou
d'une fiction qui a pour but le développement

de l'utile et du vrai. Ainsi, les admirateurs les
plus passionnés de Virgile, je me fais gloire
d'être de ce nombre, doivent convenir, s'ils
aiment le vrai et s'ils le conçoivent, que Virgile, né cent ans plutôt et doué du même génie,
aurait été aussi supérieur à lui-même que la
Rome d'autrefois était supérieure à la Rome de
son temps ; ou bien qu'étant né sous Auguste,
s'il avait eu de l'aisance ou le courage de s'en
passer et d'écrire librement son poëme dans
les marais où il reçut le jour, et qu'en écrivant,
il n'eût eu pour guides que la vérité et sa conscience, Virgile, en agissant ainsi, se serait
élevé à un bien plus haut degré de gloire aux
yeux de ses concitoyens et à ceux de la postérité : il eût donné un poëme autant au-dessus
de celui que nous possédons, que l'âme, les
mœurs, la vie et la grandeur d'un vrai sage
sont au-dessus des mœurs, de la vie et de la
bassesse d'un tyran et de ses courtisans.

Quelle histoire romaine pourrait-on comparer aux traits forts et lumineux dont l'auraient, pour ainsi dire, hérissée les vers de
Virgile ; quelles meilleures instructions pouvaient être laissées à la jeunesse pour faire
renaître les Romains en Italie, que les images
des Brutus, des Fabius et des Décius tracées
par les pinceaux de Virgile ? Et si au lieu des

dix-neuf vers, sacrifiés par lui à éterniser la
mémoire d'un Marcellus, faible rejetton de la
race des Césars, il les eût, avec plus de raison,
consacrés à un Régulus ou à un Scipion, la
gloire pure et immense qui aurait retenti dans
tous les siècles, et plus encore que la gloire,
la satisfaction d'avoir, dans un langage divin,
loué la divine vertu, n'étaient-elles pas des
récompenses plus nobles et plus désirables que
le prix honteux de je ne sais combien de talens que lui donna Livie? De beaux vers
consacrés à louer la vertu portent leur récompense en eux-mêmes. Aucun des héros
de la vieille Rome reçut-il jamais de l'argent
pour les nobles services rendus à la patrie? Et
comment celui qui, dans ses chants, est capable d'éterniser dignement sa gloire, aurait-
il besoin pour cela d'un vil salaire?

Le désir d'une célébrité fausse et contem-
poraine fait donc avorter les semences de la
gloire future, la seule qui soit solide et durable. Les grands écrivains laissent donc les
auteurs médiocres jouir de cette célébrité
éphémère, qu'ils leur abandonnent et qui leur
appartient de droit, puisqu'ils s'en glorifient,
et que le pouvoir peut la leur procurer. Mais
ceux dont l'ardeur aspire à la vraie gloire qui
réside en eux-mêmes, qui naît du temps et de

la vérité, ne sont animés du vertueux désir d'être utiles en amusant, que par l'aspect de toutes les générations futures. Ils ne perdent jamais de vue qu'Homère a donné la vie à Achille, et qu'il l'a doté d'une éternelle renommée; mais que jamais aucun Achille non-seulement n'a pû créer un Homère, mais que tous ses exploits n'ont jamais suffi pour rendre son nom impérissable.

CHAPITRE VII.

Combien il importe qu'un homme de Lettres
ait des raisons pour s'estimer.

AYANT, à ce qu'il me semble, démontré dans
le chapitre précédent, combien l'entière connaissance de soi-même et la juste apprécia-
tion de ses facultés sont nécessaires à l'élévation d'un écrivain et à la durée de sa réputation, il m'est agréable, dans celui-ci, de
m'étendre sur l'estime de soi-même, qui doit
nécessairement dériver, dans un écrivain,
de sa confiance intime et raisonnée en ses
propres moyens.

Je dis d'abord que, d'une telle estime vivement sentie et quelquefois même exagérée, il
résulte un heureux effet qui contribue à rendre
l'homme meilleur qu'il n'eût été sans cette
estime. On peut observer que cette assertion
peut être appuyée par des faits importans ;
elle a produit de grands résultats, non-seulement en influant sur quelques individus, mais
même sur des peuples entiers. Ce fut par cette
bonne opinion d'eux-mêmes, que surent leur
inspirer des gouvernemens sages, qui cepen-

dant ne reposaient sur aucune base solide, que
les Athéniens, les Spartiates et les Romains,
devinrent si supérieurs aux autres peuples
contre lesquels ils se mesurèrent. L'opinion
qu'ils eurent de leurs forces contribua à les
augmenter réellement ; et comme une telle
croyance peut ajouter aux forces réelles, l'o-
pinion contraire peut en paralyser les effets :
mais on ne voit aucune preuve aussi évidente
de ceci que l'opinion que chaque individu
a de lui-même ; je ne prétends pas par là que
pour être un grand homme il suffit de se considérer comme tel, au contraire le véritable
grand homme ignore sa grandeur : mais je
veux dire seulement que pour vouloir le devenir il faut porter en soi la conviction d'en
posséder les moyens ; que cette volonté doit
être constante, et qu'elle doit être dirigée par
une sage défiance de soi-même qui n'est ni
une faiblesse, ni le sentiment de son inférior-
rité, mais un profond sentiment du sublime
attaché à la perfection et de la difficulté d'y
parvenir.

Si donc un écrivain, homme privé et obs-
cur, sans autre puissance que celle de son
génie, ose concevoir le sublime dessein de
persuader les autres, de rectifier leurs idées,
de les éclairer, de les défendre, de les amuser,

de les convaincre, de les entraîner, il est certain qu'il devra réunir à beaucoup d'esprit naturel, à l'instruction nécessaire et suffisante
au sujet qu'il traite, à un langage pur et animé,
une haute estime de lui-même : et non-seulement l'estime de son esprit, mais aussi celle
de la candeur de son âme, de la sévérité de
ses mœurs, d'une vie libre et vertueuse, aussi
irréprochable que cela est possible et exempte
de dissimulation, de crainte, de dépendance
et de bassesse. Comment un écrivain, qui ne
reconnaîtrait pas en lui toutes ces qualités, oserait-il enseigner une vertu qu'il n'aurait pas
pratiquée? Il ne parviendrait qu'à se couvrir
de honte en prononçant sa propre condamnation. Enfin s'il n'est pas ce qu'il doit être,
comment pourra-t-il paraître tel? Un écrivain
croit et prétend s'adresser à tout le monde; si
c'est un homme d'honneur, il ne doit donc rien
confier au papier qu'il ne soit prêt à dire de
vive voix devant tout un peuple, dans une
république bien constituée. Il ne doit donc
écrire que ce qu'il regarde comme juste et
vrai, et lorsque, comme tel, il le met en pratique autant qu'il le peut.

Une honteuse opinion moderne, jadis timide
et méprisée, veut que le lecteur juge l'ouvrage
et non l'auteur. Je dis, parce que je le crois,

et il me serait facile de le prouver, qu'un livre est et doit être la quintescence de son auteur, et que sans cela il sera mesquin, faible, vulgaire, inanimé et sans effet. En voici quelques preuves succinctes.

Pour faire sentir vivement une chose au lecteur, il faut d'abord que l'écrivain en soit vivement pénétré : on ne peut jamais exprimer avec force ce que l'on ne sent que faiblement ; car ce qui n'est pas fortement ressenti par celui qui conçoit, ne produit qu'une impression médiocre sur celui qui lit. De ces trois vérités, il en résulte, ce me semble, une quatrième : c'est que si un auteur n'a pas la conviction intime de ce qu'il dit, il ne persuadera personne, il ne produira aucune émotion, et dès lors son ouvrage sera au moins inutile.

Je parle toujours de chaleur, de force et de vive impression comme des qualités les plus essentielles d'un bon livre, parce que tous les hommes et notamment ceux qui, comme nous, sont asservis, pêchent surtout par l'absence du sentiment. Je crois que, du moins parmi nous, cela provient de l'habitude de trop parler, de peu penser, et de ne point agir : existence tout-à-fait passive, qui, ainsi que je l'ai déjà observé plus haut, est plus particulièrement le partage de notre

siècle; existence dont nous nous montrons
dignes par notre bonne grâce à la supporter,
ce que même un grand nombre de nous fait
sans s'en apercevoir.

Comme il n'est aucun moyen de faire entendre tout haut la vérité à des peuples d'une
telle trempe, il faut la faire pénétrer jusqu'à
eux par des écrits; mais leur endurcisse-
ment moral est devenu tel, que je crois
que la foudre elle-même serait presque impuissante pour les émouvoir. Le plus léger
mouvement suffit pour provoquer le lion et
le tigre; mais quel aiguillon serait assez aigu
pour irriter un bœuf paisiblement courbé sous
le joug. Ainsi donc tout ouvrage qui ne con-
tiendra que des pensées faibles, faiblement
exprimées, ne produira sur nous aucun effet,
et il n'en produira que très-peu s'il est écrit
avec énergie. Un écrivain ne pouvant donc
inspirer une émotion qu'il n'a pas d'abord
éprouvée avec force, ne pouvant non plus persuader que ce dont il a la conviction, et faire
naître dans les autres ce qui n'est pas en lui, il
en résulte qu'il ne peut avoir fait un livre fort
et bon sans s'être beaucoup estimé. Mais comment s'estimera-t-il beaucoup, s'il ne s'est entièrement soustrait à l'influence de ceux qu'il
ne peut ni ne doit estimer ? Si, au contraire, il

est doué d'un génie libre , s'il est vertueux ,
éloquent et de mœurs irréprochables , il ne
peut manquer d'avoir des sentimens élevés,
une vive ardeur, des idées lumineuses, grandes
et fortes et de les exprimer dans un style sublime ?

J'ai déjà fait observer que Virgile était dépourvu de cette grandeur d'âme que l'on devait attendre d'un Romain parlant à des Romains; la principale raison en est que ce poëte
sentait faiblement et qu'il ne s'estimait ni ne
pouvait s'estimer. Ainsi , sans parler de la
crainte que lui inspirait Auguste, une certaine
honte intérieure l'empêchait de donner à ses
écrits une touche vigoureuse, vraie et hardie
qui aurait été en contradiction avec l'asservissement dans lequel il vivait. Si quelqu'un
voulait chercher des traces de ridicules dans
un auteur aussi grave, il suffirait de le suivre
dans les endroits , fort rares , où il s'efforce de
se montrer citoyen : on le verra procéder avec
tant de timidité , de réserve et de détours que
la pusillanimité de son civisme dénote encore
plus l'affranchi d'Auguste que les adulations
effrontées dont il charge ce prince. Mais ceux
qui examineront sérieusement ces mêmes passages y trouveront bien plus encore de quoi
s'affliger; ils ressentiront sans doute une dou-

leur profonde à l'aspect de ces demi-vérités, de ces maximes de demi-liberté, encore amollies par la souplesse des vers, et plus nuisibles qu'utiles pour la plupart des lecteurs. Moins on dit de choses, et moins on produit de sensations; et cette absence de sensations, dans la lecture d'un auteur comme Virgile, amène à cette fausse conclusion : qu'un bon livre, et surtout un livre de poësies, doit plutôt taire les grandes choses que les effleurer et les indiquer à peine. Il ne manquait à Virgile que l'énergie et l'élévation d'âme de Lucain ; mais ce défaut se fait fortement sentir à chaque page. Si je ne me trompe, ce sont les épithètes qui dévoilent l'esprit et la position d'un auteur et sa manière de sentir. C'est sous ce point de vue que nous allons examiner rapidement les épithètes dont se sert le plus souvent Virgile.

Dans le sixième livre, il en dit plus, en dix-huit vers où il parle d'Auguste, qu'il n'est possible d'accorder de louanges à un homme avec la plus téméraire audace, sans faire rougir à la fois et le flatteur et celui qui l'écoute ; tant ces dix-huit vers sont rampans. Quand il nomme les Tarquins, ces abominables tyrans dont l'expulsion de Rome a seule fait sa grandeur, Virgile dit: *Tarquinios reges,* sans ajouter aucune épithète : parce que toutes celles qu'il aurait pu ajouter à leur nom avec quelque justice, aurait mieux désigné Auguste que les dix-huit vers qu'il lui consacre. Voyez comme ce bon Virgile dit : *Tarquinios reges*, n'osant dire *Tyrannos* ; voilà le poëte vain et pusillanime n'écrivant pas pour les Romains, mais pour le prince qui le nourrit. Plus loin l'élégant poëte, en parlant de Junius Brutus, le libérateur et le véritable fondateur de Rome, s'exprime ainsi : *animamque superbam ultoris Bruti* (1) ; voilà le poëte non citoyen trahissant à la fois l'utile vérité, la liberté, Rome et la gloire. Ce fut une pensée fausse et méprisable pour la patrie délivrée par Brutus, que de dire seulement de lui, *animamque superbam*, et d'empoisonner cette épithète déjà si impropre en ajoutant celle de *ultoris Bruti* ; comme si Brutus n'avait eu d'autre motif que celui d'une vengeance particulière, et d'autre dessein que de punir l'outrage fait à Lucrèce. Mais, quant à la condamnation des fils prononcée par le père, action dont la cruauté ne peut être excusée que par l'affermissement de la liberté publique, il emploie quatre vers imprégnés de ces poi-

_____

(1) L'âme superbe de Brutus vengeur.

sons subtils que savent si bien distiller les
courtisans. Dans ces vers, ne pouvant refuser
l'épithète de *Pulchra* à *libertas*, Virgile se
hâte d'en détourner le sens en ajoutant : *lau-
dum immensa cupido*. Et ainsi il oublie le libérateur de la patrie, pour ne montrer qu'un
homme poussé par la vengeance et par le désir
d'une vaine gloire.

Quel sera l'effet d'une telle manière d'é-
crire? Ou le lecteur qui ne connaît Brutus que
par Virgile concevra pour lui plus d'horreur
que d'admiration, et, préférant les vertus
privées aux vertus publiques, il exécrera le
parricide sans songer au libérateur de la patrie;
il supportera les Augustes, les croyant même
nécessaires à la félicité publique; ou bien, si
ce lecteur a été initié par Tite-Live dans la
connaissance de l'histoire romaine, ne pouvant rien perdre de l'estime et de l'admiration
qu'il aura conçues pour Brutus, les passages
et les louanges aussi basses qu'injustes que j'ai
cités plus haut ajouteront dans son esprit au
mépris que lui auront inspiré Virgile et Auguste. Mais cette faiblesse de pensée venait
peut-être de ce que, dans sa conscience, Virgile estimait plus Auguste que Brutus? il n'est
personne qui puisse le croire. Cette timidité
que j'appellerai Virgilienne provient donc

de la préférence accordée par ce poëte à
l'éclat d'une fausse grandeur qu'il prisait plus
que sa gloire, de ce qu'il craignait moins l'a-
vilissement que la pauvreté, de ce que pour
lui Auguste était tout et Rome rien, de ce
qu'enfin il se jugea lui-même l'inférieur d'un
tyran.

Un grand écrivain doit donc s'estimer plus
que qui que ce soit, s'il ne veut trahir la cause
sacrée de tous les hommes, qui doit toujours
être la sienne, et qu'il doit embrasser de mille
manières. Et ces princes orgueilleux, qui, se
confondant avec leur toute-puissance, se
croient tout et ne sont rien, doivent apparaître
dans toute leur nullité aux yeux des écrivains:
il y a autant de différence entre un auteur
illustre et un prince vulgaire, qu'entre un citoyen romain et ces eunuques d'Asie voués
aux soins du sérail.

Ce serait donc jetter mes paroles en l'air que
d'ajouter quelque chose pour prouver la su-
prématie du génie sublime sur la puissance
ordinaire, mais il me semble à propos d'établir quel est celui qui mérite la prééminence,
d'un grand prince ou d'un grand écrivain; car
parmi ces créations rares et sublimes l'une et
l'autre, c'est de la première que la nature se
montre encore le plus avare.

CHAPITRE VIII.

Lequel est le plus grand, d'un grand Écrivain ou d'un grand Prince ?

Sɪ toutes les qualités exigées pour former un grand écrivain étaient réunies dans un prince, de combien ne s'élèverait-il pas au-dessus des autres hommes, puisqu'il pourrait exécuter ce qu'un écrivain peut à peine indiquer ? Voilà, ce me semble, une question qui mérite d'être approfondie, ne fût-ce que pour la satisfaction et la persuasion de la multitude ; si je n'avais à parler qu'au petit nombre de ceux qui jugent par la force d'une conviction intime, je ne la traiterais pas autrement. Seulement j'énumérerais toutes les qualités qui font l'écrivain sublime, telles qu'un génie élevé, une parfaite intégrité, une entière connaissance du vrai et un courage non moins grand à le pratiquer qu'à l'enseigner. Cela me suffirait pour démontrer que si tant et de si grandes qualités pouvaient, par la seule force de leur nature, triompher des obstacles qui président à la naissance et à l'éducation d'un prince, l'homme qui les pos-

séderait aurait horreur d'être prince, et dès
ce moment il cesserait de l'être. Faisant alors
des lois assez sages pour empêcher le retour
de toute souveraineté, il serait à la fois, même
sans s'en apercevoir, et le plus grand de tous
les écrivains et le seul prince vraiment grand
qui eut jamais existé. L'histoire n'en offre
qu'un seul de cette sorte; c'est Licurgue : de
roi qu'il était, il se fit législateur et ensuite
citoyen; enfin il s'exila de sa propre patrie,
afin de donner plus de force à ses lois et de
faire taire l'envie. Ce que fit Licurgue, Agis
et Cléomène le tentèrent plusieurs siècles
après; le premier mourut pendant le cours de
son entreprise, et le second ne put l'achever.
Leur gloire, sans doute, fut moins grande que
celle de Licurgue; mais elle surpasse de beaucoup la gloire de tout autre prince.

Mais laissons de côté cette espèce de grandeur qui tient à la fois de la souveraineté, du
civisme et de la philantropie, et que l'on peut
regarder comme si sublime que s'il ne s'était
trouvé un Licurgue elle passerait plutôt
pour une chimère que pour une réalité; oc-
cupons-nous actuellement des trois espèces
de grands princes qui ne tirent leur grandeur
que de leur puissance, et dont l'histoire même
n'offre que de rares exemples. Choisissant

donc un grand prince dans chacune de ces
trois espèces et le comparant à un grand écrivain dont il n'y a que d'une sorte, je m'engage
à faire ressortir évidemment la vérité de ce
que j'avance.

L'exacte mesure d'une réputation méritée
et justement acquise consiste incontestablement dans le plus ou le moins d'utilité que
des entreprises importantes et pénibles rapportent à la société, soit par elles-mêmes, soit
par leurs résultats. Les princes que nous appelons grands étaient-ils conquérans ? leur valeur n'a été utile qu'à un petit nombre de leurs
sujets, elle a été nuisible à la majeure partie,
destructive pour les peuples voisins, inconnue
ou nulle aux peuples éloignés, d'un faible
exemple et d'un mauvais conseil pour leurs successeurs, et, enfin, elle n'a pu produire dans
la postérité qu'une stérile admiration. Étaient-
ils législateurs ? ceux-ci ont toujours fondé
des monarchies absolues et non des républiques. Or, en fondant des monarchies absolues, ils ont agi contre l'utilité du plus grand
nombre qu'ils ont méprisé, et élevé quelques
hommes superbes auxquels ils ont conféré ou
laissé le droit d'opprimer leurs semblables.
Ainsi leur renommée sera médiocre aux yeux
des gens sages et elle finira avec leur règne à

ceux de la multitude, si on la base sur l'utilité
dont ils ont été aux hommes. En effet, quelque grand qu'ait été Numa, je crois que la renommée qui s'attachait dans Rome au nom de
Junius Brutus surpassait la sienne de beaucoup, et à juste titre, parce que Numa, avec
tant de lois sages, n'avait cependant pas pu ou
voulu détruire la tyrannie qui, après lui, tint
si long-temps Rome asservie; tandis qu'au
contraire Brutus, par le seul fait de sa généreuse entreprise, institua la liberté, cette vraie
fondatrice de Rome, qui, durant trois siècles, montra au monde le plus parfait comme
le plus grand gouvernement qui ait jamais
existé. Ou bien enfin, dans la troisième hy-
pothèse, regardera-t-on comme grands ces
princes qui, dans un État déjà établi, ont
gouverné leurs peuples avec beaucoup de politique, de douceur et d'humanité? Mais
quelle triste espèce d'hommes que celle qui se
compose de princes auxquels on reconnut une
grande vertu et à qui on accorda une éternelle renommée, pour le simple exercice du
plus strict devoir? exercice qui, s'ils savaient
juger des choses, serait toujours inséparable
de leur utilité, de leur intérêt et de leur
bonheur. Quel juge fut jamais réputé grand
pour n'avoir pas commis d'évidentes injus-

tices? quel berger, pour ne pas disperser son troupeau? quel père, pour ne pas égorger ses enfans? Quel homme enfin osera-t-on élever au-dessus de l'humanité, pour n'avoir été ni pervers ni cruel? Cela ne se voit que trop! l'instinct qui conseille le mal est si puissant, la pente qui y conduit est si facile quand on est sur un trône, que l'on regarde comme grand celui qui laisse faire le bien qui résulte de l'action des lois; et si l'on considère la faiblesse de notre nature, alors qu'aucun frein puissant ne la retient, on ne refusera pas le titre de grand à un tel prince.

Parmi ces trois espèces de grands princes, je prendrai pour exemples, Alexandre dans la première, Cyrus dans la seconde et Titus dans la troisième; j'examinerai de quelle utilité ils ont été aux hommes et quelle renommée est la leur, en comparant l'une et l'autre à l'utilité et à la renommée d'un seul grand écrivain. Je prendrai le plus ancien, le patriarche des lettres, Homère.

Alexandre, dont les victoires et les conquêtes ne furent jamais égalées par aucun prince, ne fut point utile aux Macédoniens, parce que, de tous ceux qu'il fit sortir de son royaume, la majeure partie périt en Asie, et que, parmi ceux qui s'enrichirent des dé-

pouilles des Perses, à peine en revint-il dans
la Macédoine : dès que ce premier rayon
de gloire qui brillait aux yeux d'un peuple
conquérant se fut dissipé, ce royaume, ne
conservant rien de ces conquêtes, se trouva
plus restreint qu'auparavant. Alexandre ne fut
point utile aux Grecs, puisque son règne fut
l'époque où ils perdirent entièrement leur
liberté qui seule en avait fait le premier peuple
de la terre. Il ne fut point utile aux Perses
puisqu'il détruisit leur empire en le démem-
brant; il fut indifférent aux autres peuples
auxquels il ne causa ni profit ni dommages ;
mais il fut très-nuisible aux princes, nés
depuis lui qui, sans avoir ses qualités, vou-
lurent l'imiter, et se perdirent eux-mêmes en
rendant les peuples victimes des faux calculs
de leur vaine ambition. Alexandre enfin n'a
laissé de lui aux générations qui lui ont succédé que l'étonnement et la terreur attachés à
son nom.

Cyrus fut utile aux Perses en fondant leur
empire qu'il affermit par des lois aussi sages
qu'elles pouvaient l'être, étant combinées pour
le gouvernement d'un seul. Mais Cyrus, ainsi
que cela arrive ordinairement dans une monarchie, songea plus aux intérêts des Rois ses
successeurs qu'aux intérêts de ses peuples. La

preuve en est qu'à l'exception d'une certaine discipline militaire, qui même ne dura que peu, et qu'on ne saurait comparer à celle qu'eurent depuis les armées grecques et romaines, les Perses ne pourraient être cités pour avoir jamais excellé dans aucun art, ni dans aucune vertu. Quelles lumières eurent-ils ? quelles furent celles qu'ils répandirent parmi les peuples conquis ? quels traits de grandeur d'âme nous ont été transmis par leurs historiens ? où sont leurs annales ? Un vaste silence de plusieurs siècles, interrompu de temps en temps par des millions d'esclaves armés, toujours défaits par quelques centaines de Grecs libres, toutes les fois qu'ils osaient se tourner du côté de l'Europe ; voilà l'histoire de la nation façonnée aux lois de Cyrus, et si la Grèce n'eut pas produit d'écrivains, le nom de Cyrus et celui des Perses même ne seraient peut-être pas parvenus jusqu'à nous. Ce conquérant législateur ne fut donc que de peu d'utilité à ses peuples; pour les nations éloignées, cette utilité fut absolument nulle, et nulle aussi pour la postérité. Voilà comment le nom de Cyrus, plus ancien et sans être grec, est resté au-dessous de celui d'Alexandre; tant il est vrai que, dans un empire absolu, entre celui qui fonde et celui qui détruit, la gloire est

pareille. Ne dirait-on pas que la justice silen-
cieuse des hommes veut démontrer par là que,
sous un joug absolu, la puissance même qui
fonde est une puissance de destruction !

Titus, *surnommé les délices du genre humain*, fut utile à Rome pendant quelques années, en respectant les lois si odieusement
foulées aux pieds par ses prédécesseurs; mais
il n'en fit aucune pour empêcher ses successeurs de renouveler les atrocités des empereurs qui avaient régné avant lui. De quelle
éphémère utilité fut-il donc? Titus pardonna
à quelques conjurés; mais Auguste et même
Tibère en avaient fait autant. Titus pouvait
être à Rome d'une immense utilité, en essayant
de la rendre à la liberté et à la vertu; mais il
n'en eut pas seulement l'idée. Il ne fut ni utile,
ni nuisible à la masse des hommes; il ne reste
de lui que son nom, que chaque jour on offre
comme modèle à tous les princes; Titus n'en
a pas pour cela plus d'imitateurs; et, quand
même il en aurait, qu'en pourrait-il résulter
d'avantageux pour des peuples assujettis? un
moment d'un repos précaire qui ne servirait
qu'à rendre plus pénible l'oppression des
règnes suivans. En effet quand nous devrions
être gouvernés par une suite non interrompue
de Titus, en deviendrions-nous plus hommes?

j'en doute, puisque les peuples ne redevinrent pas plus romains sous Titus, Trajan et les Antonins, qu'ils ne l'avaient été sous Auguste, Tibère et Néron. Qui dit un vrai Romain, dit l'assemblage de toutes les vertus que peut contenir le cœur d'un homme; il pouvait s'en élever au temps des Brutus, des Caton et des Fabius, mais non plus à l'ombre des Titus et des Trajan.

Nous avons examiné les trois sortes de grands princes; venons actuellement au grand écrivain. Après plus de deux mille ans, toujours jeune, toujours nouveau, comme s'il était né depuis peu, Homère vit dans la mémoire des hommes; il sera utile aux générations à venir comme il est utile à la génération présente; il ne nuira à personne, si ce n'est à ceux qui, sans être guidés par son génie, voudront marcher sur ses traces. Il enseigne la vertu; il montre la perfection; il pénètre et développe le cœur de l'homme; il est guerrier et législateur; ami des hommes et de la vérité, il les éclaire en la découvrant. A l'avantage immense qu'on retire de ses écrits se joint le plaisir infini qu'ils procurent, chose que le prince le plus grand et le plus utile à ses peuples n'a jamais pu leur donner. Alexandre ne

croyant être jaloux que d'Achille était en effet
jaloux d'Homère ; mais si Homère revenait sur
la terre et pouvait comparer sa renommée à
celle du roi de Macédoine, je doute fort qu'il
fût jaloux d'Alexandre.

Mais quand même, pendant leur vie, un
grand prince et un grand écrivain auraient été,
ou auraient paru être également estimés, cette
égalité ne pourrait s'étendre à leur nom et à
leur mémoire, et cela par deux puissantes
raisons. La première est que l'utilité qui émane
d'un prince est bornée à son peuple et à un
espace de temps, tandis que celle d'un écrivain
n'a point de bornes dans son étendue ni dans
sa durée ; et la seconde, qu'un prince compose sa grandeur d'élémens qui ne lui sont
pas propres, puisque, s'il n'avait ni puissance
ni empire, il serait incapable d'exécuter aucune de ses entreprises : de plus, un prince
ne peut léguer à la postérité aucun résultat
assuré de sa puissance ; à peine peut-il déro-
ber à la voracité du temps son nom et sa mémoire, et encore pour qu'on y attache quelqu'idée de grandeur, il a besoin d'un grand
écrivain. Au contraire, un écrivain sublime
est tout entier en lui-même et puise tout
en lui ; il est le seul artisan de sa gloire, comme

il est le seul auteur de son utilité pour les autres ; il transmet d'âge en âge et fait vivre à jamais, non pas un nom vide de sens, mais une renommée que son livre atteste et consacre.

CHAPITRE IX.

S'il est vrai que les Lettres doivent être plus florissantes sous une Monarchie que dans une République.

Après avoir parlé aussi longuement des gens de lettres et des princes , il me semble à propos d'approfondir une question qui, à elle seule, mérite un chapitre séparé , quoique quelques mots qui s'y rapportent se trouvent répandus dans le cours de ce second livre. « Est-il vrai que les lettres doivent être plus » florissantes sous une monarchie que dans » une république? S'il en est ainsi , quelle en » peut-être la triste et déplorable cause? Et » enfin, ce qu'une telle cause a de défectueux » provient-il des lettres , des gens de lettres, » ou bien du peuple parmi lequel ils vivent » et pour lequel ils écrivent? »

C'est ce que je vais tâcher de développer le plus brièvement possible. Si j'en juge d'abord par les faits, je ne vois que trop que, à l'exception du premier, du plus fécond des quatre siècles , séparés par de longs intervalles, pendant lesquels les lettres fleurirent, siècle qu'en-

fanta Athènes libre, les autres furent tous
trois produits, et pour ainsi dire couvés par
les princes dont ils ont conservé les noms.
Si ensuite j'examine la liste peu prolongée des
grands écrivains de tous les pays et de tous
les siècles, je trouve le nombre de ceux qui
sont nés sous une monarchie au moins égal au
nombre de ceux qui sont nés dans une république; et le mérite des uns et des autres est
encore à-peu-près égal, non pas cependant
sous le rapport du mérite par excellence, celui
qui naît de l'utilité : on ne peut s'attendre à
le trouver que parmi les gens de lettres qui
vivent dans une république. Viennent, immé-
diatement après, les écrivains que je place au
second rang; ce sont ceux qui, étant nés sous
un prince, ne se sont pas soumis à sa protection; et enfin, en troisième et dernière ligne,
ceux qui, nés esclaves, se font doublement
esclaves, et, comme tels, sont payés, enchaî-
nés et protégés.

Venant aux exemples, si, en tête de tous les
écrivains, nous plaçons les philosophes, rang
qui appartient à ces vivans foyers de toutes les
lumières, il faudra convenir que ceux-ci sont
tous nés grecs et libres; ni l'Égypte, ni l'Inde, ni
la Perse, ni l'Assyrie ne leur donna naissance.
Il faut ajouter que non-seulement ils étaient

libres, mais aussi exempts de protection, et souvent même en proie aux persécutions. Tels furent Socrate, Platon, Pithagore. Il semble qu'après ceux-ci on doive justement placer Aristote, quoique la double tache d'avoir été le précepteur d'Alexandre et d'être né dans la ville non libre de Stagire ait dû obscurcir sa réputation aux yeux des Grecs et porter quelques atteintes à sa philosophie. Je ne crois pas qu'il soit nécessaire d'énumérer ici le nombre infini de philosophes, chefs de secte, dont abonda la Grèce, pour donner entièrement gain de cause aux républiques en ce genre de littérature. Ce n'était pas, surtout dans les commencemens, à l'instigation ni sous la protection des princes, qu'il était possible de se livrer à la recherche des causes des choses, ni à l'étude de la morale, puisqu'ils ne pouvaient ignorer qu'eux-mêmes étaient la cause première de tout mal politique.

Si nous suivons la philosophie transplantée de Grèce en Italie, nous verrons que les philosophes Romains, vraiment dignes de ce titre, furent presque tous antérieurs à Auguste: Panetius, Varron, Lucrèce, Caton; et enfin le plus grand d'eux tous, l'illustre Tullius, qui, à la vérité, reçut le jour dans les dernières années de la république, mais écrivain pur et profond qui ne méritait pas de vivre sous une tyrannie naissante. Depuis cette époque, l'Italie n'a point produit de ces philosophes adonnés à la recherche des vérités morales et politiques, jusqu'au temps de Machiavel. Celui-ci, profond dans tout ce qui a rapport aux gouvernemens, et maître inimitable dans la connaissance et la peinture du cœur humain, mérite le premier rang parmi les modernes. Cependant Machiavel naquit aussi sous une république agonisante, et quoiqu'il se soit souvent abaissé dans des dédicaces adressées aux Médicis, son bonheur a voulu qu'ils ne lui accordassent aucune protection, et c'est pour cela que ses écrits brillent de toutes les lumières de la vérité. Malgré cela, comme il n'était, dans l'Italie énervée, qu'une plante étrangère, il fut peu considéré, peu lu, et encore moins médité et compris tant qu'il vécut, et discrédité, lui et son livre, après sa mort. Puisque j'en suis venu à parler de cet auteur, je ferai remarquer à son propos une étrange bizarrerie de l'esprit humain, c'est que, dans son livre seul *Du Prince*, il a placé çà et là quelques maximes subversives et tyranniques; mais ceux qui réfléchissent verront que l'auteur voulut dévoiler aux peuples les desseins

ambitieux et cruels des princes, et non assuré-
ment enseigner à ceux-ci l'art de les mettre en
pratique, puisque c'est ce qu'ils ont fait, ce
qu'ils font et ce qu'ils feront toujours, suivant
leur besoin, leur adresse ou leur caractère.
Au contraire, dans ses ouvrages d'histoire et
dans ses discours sur Tite-Live, chacune des
paroles et des pensées de Machiavel respire
la liberté, la justice et la vérité, et montre
partout la hauteur et la pénétration de son
génie; de sorte que quiconque lit bien, sent
vivement et s'identifie avec l'auteur, ne peut
qu'éprouver un ardent enthousiasme pour la
liberté et un amour éclairé de toutes les vertus
politiques. Cependant, à la honte des princes,
Machiavel est proscrit par eux ; les peuples ne
l'étudient point et le lisent à peine, et il passe
aux yeux du vulgaire pour un vil professeur
de tyrannie et de bassesse. Ceci est une des
moindres preuves de ce que j'ai avancé, que
les philosophes ne peuvent jamais exister dans
un gouvernement absolu, puisque l'Italie moderne, si savante dans l'art de servir, ne connaît, n'estime pas le seul vrai philosophe politique auquel elle ait donné le jour.

Si l'on veut suivre la philosophie dans ses
lents, mais brillans progrès, il faut passer les
monts et les mers pour trouver Bacon, Locke

et quelques autres, mais qui tous sont enfans
de la liberté. La France, si éclairée sous les
autres rapports, ne pouvait pas, surtout en
politique, produire de grands philosophes,
parce qu'elle était étroitement soumise; ou,
si elle en produisit, elle ne put ni les élever, ni
les conserver. Ainsi Bayle, pour pouvoir s'a-
donner à la philosophie et écrire en philosophe, fut obligé de renoncer à sa qualité de
français et de se réfugier en Hollande. Mon-
taigne, malgré sa noblesse, qui alors servait
encore de bouclier, dut se réfugier à l'ombre
du Pyrrhonisme pour se soustraire aux persécutions des princes et des prêtres, et enve-
lopper de certains tours gracieux, sans cependant les affaiblir, ses écrits vraiment philosophiques. Dans ces derniers temps, Montesquieu osa, mais n'osa pas assez; il en est
résulté pour sa réputation une tache d'autant
plus grande, que chacun voit clairement que
la crainte seule l'engagea à taire, à voiler
ou à déguiser ces hautes et simples vérités
qui étaient si profondément gravées dans
son cœur.

Sans parler davantage des philosophes, je
crois avoir suffisamment prouvé, par ces
exemples, que la philosophie, que j'appellerais volontiers LA SCIENCE DE L'HOMME,

et qui est la première partie et la principale base
de toute littérature, persécutée, poursuivie et
opprimée par les princes, serait depuis long-
temps bannie de toute la terre, s'il ne se fût
trouvé, à certaines époques, quelques républiques qui lui eussent donné un asyle. Et cette
philosophie, fondement indispensable d'un
bon livre, se retrouve dans les ouvrages en
plus ou moins grande abondance, selon que
l'auteur, et le peuple pour lequel il écrit,
sont plus ou moins esclaves.

Passons maintenant aux orateurs. Si je commence par jetter les yeux sur les deux plus
grands, je vois que Démosthènes et Cicéron
sont nés l'un et l'autre dans une république ;
et le nombre des hommes célèbres en ce genre
que produisirent Rome et la Grèce n'est pas
considérable. Mais si je descends mes regards
sur les modernes discoureurs des monarchies,
je les trouve bien rares, bien petits, bien
vides de choses, et même médiocrement ornés
de tours ingénieux et de traits saillans : enfin,
si je cherche des orateurs politiques, je ne
vois que des prédicateurs sacrés et des panégyristes ; peut-être excellent-ils dans ces deux
genres, mais ils sont moins connus, moins lus
et moins appréciés : les auteurs sacrés, parce
qu'on respecte plus l'objet de leurs discours

qu'on ne l'aime ; les panégyristes qui en-
nuient toujours, parce qu'on ne les regarde
que comme de vils tributaires de la flatterie,
du mensonge, de l'erreur et de la puissance,
et, comme tels, ils méritent l'oubli dans lequel ils languissent. Eh! quels autres orateurs
pourrait-il y avoir sous une monarchie absolue? que pourraient-ils dire? où parleraient-
ils? qui est-ce qui les écouterait ?

Venons aux historiens. Parmi la foule de
ceux-ci, je vois encore un très-petit nombre
de grands écrivains; je vois qu'ils furent grecs
ou romains, ou bien qu'ils sont anglais, c'est-
à-dire, qu'ils furent toujours des écrivains
libres, et jamais des hommes protégés. Et qui
oserait mettre sur la même ligne les écrivains
esclaves et protégés, avec ceux qui sont libres
et indépendans? Thucydide, Polybe, Xéno-
phon, Tite-Live, Salluste, Tacite, Hume, Robertson, Gibbon, verront-ils leurs noms ins-
crits à côté de ceux des Paterculus, des Florus,
des Varchi, des Segni, des Adriani, des Guic-
ciardini, des de Thou , des d'Orléans et de tant
d'autres? Je ne parle point de ces milliers d'historiens qu'on laisse de côté, qu'on ne lit point
et qu'on connaît à peine, parce que, timides
compositeurs d'histoires relatives à des pays
qui n'ont point produit d'hommes utiles aux

autres hommes, ils ne méritent pas d'être connus, tant ils restent même inférieurs aux sujets qu'ils traitent.

Si j'en viens aux poëtes, hélas ! je vois cette première et sublime classe d'écrivains presque toujours avilie, détournée de son but, dépouillée de toute utilité et nuisible même par l'influence de la corruption qu'exercent sur elle les monarques. Qu'on ne me reproche pas d'être en contradiction avec moi-même, si je donne actuellement aux poëtes la prééminence que j'ai attribuée plus haut à la philosophie, car ils doivent eux-mêmes être avant tout de profonds philosophes, d'éloquens orateurs, et de plus, poëtes. Ainsi, comme dans les lettres le premier rang appartient à la philosophie, parmi ceux qui les cultivent la première place est due aux poëtes.

En prenant des exemples parmi les poëtes, et en examinant leur vie, je suis obligé de convenir que, si les premiers d'entr'eux n'étaient pas nés libres, au moins avaient-ils une grande liberté d'esprit qui leur faisait justement apprécier la liberté politique; et que dans le fond de leur cœur ils nourrissaient la haine de cette tyrannie même qui répandait sur eux sa protection et ses bienfaits. Mais, entre autres exemples, il n'est pas inutile de prouver que le premier, le plus grand et, pour ainsi dire, le père de tous les poëtes fut toujours libre. Homère, aveugle et mendiant, ne trembla devant aucun prince, et il ne paraît pas, d'après ses écrits, qu'il ait recherché ou obtenu la protection d'aucun d'eux; aucune flatterie ne souille les pages de son livre, et sa renommée n'est pas moins pure qu'elle est grande et éternelle. Il en est de même d'Hésiode, qui, selon ce qu'on sait de lui, ne s'est jamais courbé sous la protection souveraine. Voilà donc deux poëtes qui, étant les plus anciens, peuvent être considérés comme les inventeurs et les fondateurs d'un art qu'ils ont porté plus loin que qui que ce soit, sans la protection d'aucun prince. Examinant ensuite la marche de cet art divin, on le voit, comme un géant, s'avancer dans la Grèce où il n'y avait aucun prince pour lui servir d'appui. Orphée, Alcée, Sapho, et surtout Pindare, portèrent la poësie lyrique à une inimitable perfection; comme ce furent Eschile, Sophocle, Euripide et Aristophanes qui donnèrent naissance à la poësie dramatique et l'élevèrent en même temps au plus haut degré, sans être protégés par un seul maître, mais recevant une protection honorable du peuple d'Athènes, entre les mains duquel résidait la souveraineté, ce qui ne contribua pas peu au triomphe de l'art. Ainsi l'églogue pastorale, la satire, et en un mot tous les genres de poësie, naquirent et se perfectionnèrent dans la Grèce sans le secours destructif d'aucune puissance absolue et d'aucun pouvoir unique.

Si les trois autres siècles littéraires virent croître à l'ombre d'un prince les grands poëtes qui en font l'ornement, la sublimité des premiers auteurs Grecs sera bien, je le crois, capable à elle seule de contrebalancer tous ces autres poëtes qui, en toutes choses, sont plus redevables aux grands modèles qu'ils ont imités qu'à l'assistance de leurs ineptes et honteux protecteurs. Sans le secours d'Homère, d'Hésiode et de Théocrite, qu'est-ce que Virgile aurait produit avec toute la faveur d'Auguste? et que seraient enfin presque tous nos poëtes modernes, et particulièrement nos auteurs dramatiques, si les Grecs, qui ont tout inventé parce qu'ils étaient libres, ne leur avaient tout appris et n'avaient été pour eux des protecteurs nécessaires et véritables, et qui ne leur ont point fait sentir la honte de leur protection?

Je crois avoir clairement prouvé, par les exemples puisés dans chaque genre d'écrivains, que les lettres de toute espèce, en ne les

considérant même que sous le rapport de
l'agrément, ont toujours prospéré davantage
dans une république, l'invention étant beaucoup au-dessus de l'imitation ; les lettres,
d'ailleurs, ont été d'autant plus utiles, que
la philosophie, l'histoire et l'éloquence,
prises isolément, le sont plus que la poësie toute seule. Celle-ci peut croître sous un
prince, lorsque surtout elle ne dit rien ;
elle peut même y croître en disant quelque
chose, pourvu qu'elle ait le soin de cacher
les trois autres sous son voile. Le triste motif
pour lequel la poësie, détournée de son
véritable but, peut seule prospérer sous un
prince, me semble être d'abord l'attrait du
plaisir, qui peut étendre son influence même
sur les cœurs endurcis par la puissance : ensuite, la poësie étant une fiction, il en résulte
pour le prince une erreur qui lui fait penser
qu'en séduisant et en corrompant un poëte,
il pourra en obtenir, hors de son royaume
et aux yeux de la postérité, une réputation
qu'il n'aura pas méritée. J'attribue encore
cette possibilité à la nécessité où se trouve un
poëte de parler de tout sans rien approfondir
et sans rien démontrer ; à la nature de la
poësie, dont l'effet est plutôt d'émouvoir les
affections de l'âme que d'offrir à l'esprit des

9

sujets de réflexion ; au pouvoir qu'a le poëte de parler aux yeux par des images, aux oreilles par l'harmonie des nombres, et d'employer l'élégance et la délicatesse du goût, tout cela sans que la pensée y prenne aucune part sérieuse ; je l'attribue enfin à la faculté que possède le poëte d'être élevé, ou du moins de le paraître, sans que ce qu'il dit soit d'un ordre élevé, pourvu qu'il le dise avec une sorte d'élévation dans les mots. Tels ont été la plupart des poëtes modernes, et tels seront, en général, tous les écrivains qui, n'étant point libres, seront protégés. Voilà, je le crois, ce qui fait que la poësie seule trouve grâce aux yeux d'un prince, et pourquoi elle seule aussi peut, jusqu'à un certain point, prospérer sous un gouvernement monarchique ; mais il n'en sera jamais ainsi de cette poësie sublime qui réunit l'utilité de la philosophie et une jouissance infinie aux élans de l'éloquence : elle ne pourra jamais naître et prospérer que sous un gouvernement entièrement libre. Qui oserait nier que si, aux images, aux pensées, à l'harmonie, à l'élégance et à la précision qui caractérisent un poëte protégé, on joignait la vigueur sublime, l'amour de la vérité, la hardiesse, la fierté, l'indépendance et les pensées fortes et justes d'un poëte libre, celui seulement qui

réunirait en lui toutes ces qualités serait véritablement un grand poëte? Sans doute que lui
seul serait grand , puisque lui seul pourrait
remuer en même temps toutes les affections ,
charmer tous les sens et exciter toutes les vertus. S'il y eut jamais de tels poëtes, ou s'il y
en eut qui approchèrent de ce modèle, ce
furent sans doute ceux d'Athènes. Je devine
plutôt le latin que je ne l'entends; quant au
grec je ne le connais pas du tout; mais si ceux
qui sont versés dans la connaissance de cette
langue ne m'ont point trompé, ils n'ont jamais
désiré dans Homère ou dans Pindare l'élégance de Virgile et d'Horace, puisque ceux-
ci l'ont imitée de leurs devanciers: mais qui ne
souhaiterait voir le divin pinceau de Virgile
inspiré par la féconde imagination d'Homère,
par l'élocution noble et facile de Sophocle,
d'Euripide et de Lucain , par l'énergique concision et le profond sentiment de Thucydide
et de Tacite?

Ainsi il me paraît que le gouvernement
monarchique souffre, entretient, comporte
et apprécie les demi-poëtes, c'est-à-dire, ceux
qui décrivent, racontent et imitent beaucoup,
mais qui agissent peu et ne pensent point; et
qu'au contraire les vrais poëtes, tels qu'il y en
a eu quelques-uns et que la nature peut en

produire encore, n'ont jamais existé et n'existeront jamais que dans un état libre.

Si donc les lettres ne sont pas tout ce qu'elles devraient être, ce n'est pas à elles qu'il faut s'en prendre. Il n'existe point pour elles d'autres limites que celles de la vérité, et la vérité est le seul but qu'elles se proposent. Mais les hommes qui les cultivent, mais ceux qui profitent du travail des autres, mais ceux qui en gouvernant les laissent agir, les empêchent ou les détournent, voilà les hommes qui leur impriment leur cachet et leur communiquent en quelque sorte leur propre valeur. De là vient que l'influence du prince sur des lecteurs assujettis et sur des auteurs tremblans et protégés, ce qui est une seule et même chose, produit une espèce de littérature telle qu'elle n'atteint pas même à l'état de convalescence de leurs âmes, et qui, par conséquent, doit rester fort au-dessous de ce qui résulterait de l'emploi de toutes les facultés accordées à l'esprit humain. Voilà pourquoi l'on doit dire, avec tous les ménagemens, les détours et les circonlocutions nécessaires, que la terre seule d'une république bien constituée peut, dans quelque genre que ce soit, produire les plus généreux élans dont l'intelligence des hommes est capable.

‚‚‚

CHAPITRE X.

Combien l'Écrivain est supérieur au Prince, à moins qu'il ne se ravale au-dessous du Prince et de lui-même en se laissant protéger par lui.

LA prééminence de l'écrivain sur le prince consistant principalement dans l'entière connaissance du prince et de lui-même, il ne pourra lui être véritablement supérieur sans la conviction intime de cette supériorité. Mais il n'obtiendra cette conviction qu'en procurant aux hommes, ou tout au moins en s'efforçant de leur procurer autant d'avantages que le prince leur apporte de dommages. Or, un écrivain, qui aura cette manière d'agir et de penser, ne se soumettra jamais à la protection de celui qu'il regarde avec raison comme son inférieur, qu'il doit haïr comme contraire à ses desseins, qu'il méprise comme ennemi de la vertu, des lumières et du génie, et qu'en un mot il craint et abhorre comme instrument d'une puissance souveraine, écueil contre lequel les indiscrets qui s'en approchent viennent briser toutes les plus hautes vérités.

Avec cette idée juste et précise du prince.

et de lui-même, l'écrivain pourra-t-il se dévouer à la honte et à l'opprobre réservés à ceux qui mendient les secours d'un être que tout le monde craint, que lui-même il craint et méprise? Donc les écrivains qui ne raisonneront point ainsi encourront, outre l'infamie, la juste peine qui suit une erreur volontaire. Elle s'attachera à eux pendant leur vie et ensuite à leurs ouvrages, si toutefois ceux-ci leur survivent. La postérité apprécie la valeur des livres d'après l'utilité qu'elle en retire, c'est-à-dire, par la vérité qu'ils contiennent, seule source de toute utilité ; elle juge aussi de la valeur de l'écrivain par celle du livre, mais jamais ni l'une ni l'autre d'après les circonstances. Et en effet il n'est aucune circonstance qui puisse excuser d'avoir mal fait des choses inutiles à faire, ou de les avoir faites moins bien qu'on en était capable, ce qui, surtout en littérature, est toujours avoir mal fait, d'autant plus qu'on est toujours le maître des circonstances en s'abstenant d'écrire. De plus, les écrivains protégés portent sans cesse en eux l'horrible tourment d'être contraints de se rabaisser au-dessous du prince, dont tout le monde et eux-mêmes font si peu de cas. Leur supplice, semblable à celui de Tantale, est de ne pouvoir assouvir la soif qui les dévore pour cette renommée passagère qui les entoure; car il ne saurait exister de renommée aux propres yeux d'un homme qui, ne pouvant pas s'estimer, tombe infailliblement au-dessous de lui-même.

CHAPITRE XI.

Que toutes les récompenses émanées d'un Prince avilissent les Gens de Lettres.

La première récompense de toute grande chose, c'est la gloire. La gloire est : *cette estime que l'universalité des hommes conçoit pour un seul homme, en raison de l'utilité qu'il leur a procurée ; ce tribut de louanges que le monde lui accorde ; cette admiration tacite que sa présence inspire ; cette prévenance mêlée de joie et de respect de la part des hommes vertueux ; cette inquiétude dans les regards mal assurés des Rois ; cette pâleur de l'envie et ce frémissement de la puissance :* voilà les signes qui pendant sa vie accompagnent la gloire naissante d'un grand homme. Mais ce n'est que de sa tombe qu'elle s'élance et s'élève au plus haut point ; et je crois que la plus vraie gloire n'est pas tant, dans les louanges des autres hommes, que dans cette conscience intime et divine de celui qui emporte au tombeau la certitude de l'avoir méritée.

A celui qui se propose, avec une volonté

forte et entière, un prix aussi sublime, il ne
s'en présentera aucun autre à l'esprit. Si cependant ses désirs embrassent un autre objet,
toutes les fois qu'il en recevra ou espérera
autre chose que la gloire, la sienne en sera essentiellement diminuée. Tout autre but que la
gloire n'a donc rien d'honorable et ternit l'é-
clat des plus belles entreprises, comme il en
détruit toujours le mérite.

Puisque dans l'homme la force de l'esprit
est supérieure à celle du corps, il est incontestable que les ouvrages de l'esprit l'emportent
sur ceux des mains; toute récompense devant
d'ailleurs être proportionnée à la peine, il ne
serait pas moins honteux qu'injurieux que ce
fût le corps qui récompensât l'esprit. Le travail d'un écrivain étant entièrement un travail
d'esprit, c'est l'esprit seul qu'on peut en récompenser; or, aucun prince au monde ne
peut décerner un prix tel que l'esprit seul
en soit vraiment récompensé. Un peuple libre
peut le donner; pour cela, il lui suffit d'un
simple applaudissement.

Le guerrier expose sa vie, et quoique la
tête et la main d'un officier agissent en même
temps, comme son corps peut être très-affaibli
par des blessures et des fatigues, il peut, outre

la gloire, recevoir d'autres récompenses capables de répandre sur le reste de sa vie plus d'agrémens, de douceurs et d'aisance. Mais l'écrivain dont la tête seule est occupée, quelles que soient les souffrances que son corps puisse éprouver, ces souffrances ne l'exposent jamais à un péril certain. Le guerrier sert la patrie ; c'est pour cela qu'il est choisi par elle, et il agit pour elle. Je dirai ici en passant que je ne compte, parmi les grands capitaines, que ceux qui consacrent leurs travaux à une véritable patrie ; quant à ces lieutenans, agissant au nom des princes, si quelque grandeur apparente les a fait briller à nos yeux, ils n'ont pu s'éblouir eux-mêmes ; ni Turenne, ni Montecuculli, ni tout autre, n'a pu dans sa conscience s'estimer l'égal d'un Scipion, d'un Annibal, d'un Fabius et de tous les illustres guerriers qui, en servant leur patrie, défendaient une terre libre. L'écrivain, au contraire, qui s'est, d'après sa seule volonté, adonné à sa profession, ne sert personne et ne doit rien qu'à la vérité. Ce n'est pas seulement à sa patrie, c'est à tous les peuples et à tous les siècles qu'il consacre ses veilles. Qui donc s'arrogera le droit et l'audace de le récompenser, si ce n'est l'humanité entière ? et comment le fera-t-elle ? en lui dispensant la gloire, la gloire seule, car il n'eut jamais d'autre but.

Il me semble donc que tous les hommes qui, d'une manière quelconque, se dévouent à l'utilité générale, peuvent joindre d'autres récompenses à la gloire qu'ils reçoivent, mais j'en excepte les seuls écrivains, parce que c'est volontairement qu'ils exercent leur art, que leur esprit seul travaille, qu'ils ne courent aucun danger physique, et parce qu'enfin, agissant dans l'intérêt commun de tous les hommes, ils ne s'occupent de personne en particulier.

Si l'on m'objecte qu'un écrivain peut avoir besoin d'autre chose que de gloire, je répondrai : « Celui-là ne sera jamais un grand écri- » vain, et ne pourra même le devenir, qui, » dans l'exercice d'un art sublime et noble, » ambitionne des récompenses dépourvues de » sublimité et de noblesse, qu'un petit nombre » d'hommes sujets à l'erreur peut à son gré don- » ner ou refuser, et auquel il faut faire une » cour assidue pour les obtenir. Et celui qui se » serait mis dans une telle dépendance ne sau- » rait certainement remplir les obligations qu'il » a contractées envers le public, envers la » justice, et envers lui-même. » La gloire, au contraire, étant une récompense idéale, un sentiment épuré, elle n'ôte rien à celui qui la donne, et comme elle est dispensée par un grand nombre, elle ne peut jamais être surprise. Lorsqu'elle est légitimement obtenue, elle sert à ceux qui la reçoivent d'une preuve éternelle et admirable, qu'ils avaient réussi dans l'entreprise si grande et si difficile de captiver les suffrages universels en servant toute l'humanité. L'écrivain vraiment sublime ne peut donc jamais avoir d'autre ambition que celle de la gloire : car si, avant d'être sublime, il a senti d'autres désirs, il n'a pas pu le devenir, par cela précisément que le but qu'il se proposait alors n'était pas sublime lui-même; que si c'est après avoir enfanté des chefs d'œuvres qu'il est tombé dans la misère, sa réputation intacte, ses ouvrages empreints du sceau de son génie, lui auront mérité l'estime d'un vertueux ami qui ira au-devant de ses besoins et ne souffrira pas qu'il se laisse avilir. Et s'il était possible qu'un tel ami manquât à un grand écrivain, en quelque état que celui-ci se trouvât réduit, il est impossible de supposer qu'il ait recours à des moyens indignes pour changer son sort.

Que les princes donc, ainsi que leurs gardes, leurs soldats, leur suite brillante, leurs cour-

tisans, leurs valets et leurs bouffons, vivent
ensemble au milieu des délices; que les grands
capitaines reçoivent de leur patrie des richesses, des honneurs, et de la gloire; mais
que la gloire la plus pure soit la seule récompense que les grands écrivains reçoivent de
tous les siècles !

CHAPITRE XII.

Quelles récompenses avilissent le moins les Gens de Lettres.

JE ne veux pas cependant, par une sévérité que dans ces temps énervés on taxerait d'exagération, quoique la vérité n'en soit pas susceptible, priver les écrivains, qui eux-mêmes sont des hommes, de la douceur d'autres récompenses qui ne sont pas la gloire, mais qui ne semblent pas devoir y nuire. Il me suffira de dire en peu de mots quelles sont ces récompenses; qui peut les donner; et qui peut les recevoir.

Les récompenses, autres que la gloire et qui peuvent se joindre à elle sans la souiller, me semblent exclusivement renfermées dans certains honneurs accordés, pour ainsi dire, au nom de tous, à ceux qui s'en sont rendus dignes, par des hommes revêtus d'une légitime dignité. Ces honneurs, que je regarde comme les seuls véritables, sont rarement décernés dans une république, parce que le pouvoir, étant divisé et amovible, il ne se trouve point, parmi ceux qui sont revêtus de ces dignités temporaires, d'hommes assez élevés (je parle de la grandeur extérieure), pour que l'on tienne à honneur de s'asseoir auprès d'eux, de se couvrir en leur présence, de manger à leur table, et tant d'autres puérilités. Outre cela, les républiques voulant, non sans raison, que chaque individu paye de sa personne en coopérant à l'avantage du moment, on y regarde souvent les écrivains comme une classe oiseuse et inutile. Il est certain que les lettres peuvent paraître d'un moindre avantage, dans une saine république où des lois justes et bien observées ont rendu les hommes meilleurs, que dans une monarchie où ils ont été corrompus par la servitude. Mais, par une malheureuse fatalité, c'est précisément où l'on a 'le moins pressant besoin d'elles, qu'elles peuvent prospérer le mieux ; d'où l'on peut conclure que, si les républiques voulaient encourager les lettres, elles pourraient seules leur décerner les véritables honneurs, que seules elles possèdent. Si par exemple une loi avait donné à Sophocle le droit de siéger parmi les premiers magistrats de la ville, ou toute autre distinction de cette nature, cet honneur singulier aurait paru une récompense d'autant plus noble et d'autant plus grande, qu'elle aurait été accordée par la

volonté du plus grand nombre , là où le plus
grand nombre pouvait la refuser. Mais si un
seul homme, que personne ne peut ni n'ose
contredire , accorde une distinction , ce peut
être une faveur , mais ce n'est jamais un honneur, parce qu'elle ne prouve aucun mérite, et
qu'un homme qui en est totalement dépourvu
peut l'obtenir , plus facilement même que
celui qui possède les plus éminentes qualités ;
une telle distinction n'est donc qu'une insulte
faite à la vertu. Les seules républiques peuvent
récompenser leurs écrivains ; les princes ne
peuvent que couvrir leurs esclaves de faveurs
et de distinctions. Ainsi, que dans une république un écrivain reçoive des honneurs publics , ils attestent l'agrément et l'utilité dont
il a été pour la société en général : qu'un
prince lui accorde des faveurs, elles attestent
peut-être aussi qu'il a été agréable au plus
grand nombre : mais elles prouvent en même
temps qu'il l'a trahi en recherchant par de
fausses maximes à servir un seul homme. Si ,
appliquant ces principes à Cicéron , je ne le
considère que comme écrivain, je ne saurais
lui faire un reproche grave d'avoir souhaité
le consulat ; cependant pour parvenir alors à
cette dignité, quelles intrigues, quelles me-
nées, quelles tortueuses sollicitations ne lui

aura-t-il pas fallu employer, qui n'auront pas
dû contribuer peu à diminuer de sa propre
estime, et dont l'effet aura porté préjudice à
ses ouvrages, à sa réputation, à sa gloire. Mais
la majesté et l'importance attachées à cette
charge légitime; mais la noble fermeté avec
laquelle Cicéron l'exerça; mais la difficulté
des temps; mais si l'on songe qu'il était né libre
et par conséquent membre nécessaire de la
république, et qu'enfin il n'abandonna jamais
au milieu des troubles la culture des divines
lettres; non-seulement toutes ces considérations feront excuser Cicéron, mais elles inspireront pour sa personne le respect et l'admiration. Je crois que l'on pourrait pardonner à
tout écrivain le désir de s'élever à l'aide des
lettres au rang de consul romain du temps de
Cicéron; c'est-à-dire, de devenir plus grand,
plus puissant, et maître légitime d'un empire
plus noble et plus vaste que dix royaumes de
nos jours. Mais tout en lui pardonnant une telle
ambition, il faudrait convenir en même temps
que cet écrivain-consul s'éloignerait de la
perfection de son art, et devrait être regardé
par tous les esprits sages comme traître à la
cause des lettres. Celui donc qui, au fond de
son cœur, se jugerait plus grand comme
consul que comme écrivain parfait, et qui

10

placerait la qualité publique qui lui vient d'autrui au-dessus de la haute qualité d'écrivain, que personne ne peut ni donner, ni lui ôter, et qu'il tient de lui-même, celui-là, dis-je, aurait oublié qu'il y eut des centaines de consuls, que les grands écrivains sont en petit nombre, se comptent un à un, et par ce seul et coupable oubli de l'incontestable prééminence de son art sur tous les autres, cet écrivain se serait rendu indigne des lettres.

Toute espérance ambitieuse ou nuisible étant donc ôtée aux gens de lettres dans une république, toute ambition d'honneur ou de richesses leur étant interdite sous une monarchie, il ne leur reste plus, après la vraie gloire, d'autres récompenses non avilissantes que les honneurs gratuits dans les républiques. C'est à dessein que je dis *les honneurs gratuits*, et non les emplois, les dignités, parce qu'on ne peut les obtenir sans les disputer à des concurrens, et toute concurrence qui n'a pas la vertu pour objet suppose des brigues et des soins étrangers aux lettres, et par conséquent indignes d'un véritable écrivain. On ne peut d'ailleurs remplir les devoirs qu'imposent les dignités et les emplois, sans abandonner, interrompre ou négliger ses études. Tout homme qui déprise sa profession n'est sensible à aucune gloire, il n'en mérite aucune : et qu'on ne perde pas de vue que les muses sont dédaigneuses; elles n'exhaussent jamais celui qui ne sait pas les apprécier et les préférer à tout.

Quel délicieux et magnifique spectacle c'eût été de voir Athènes, au lieu de faire périr Socrate, lui assigner un siége public au milieu des Archontes sans qu'il fût un de ces magistrats; il en eût été de même si les Anglais eussent marqué dans le parlement la place de *Locke* et de *Milton*, sans qu'ils fussent élus et sans qu'aucune charge les y appelât, mais seulement comme des objets chers à la nation et dignes de briller dans le sein d'un peuple libre et civilisé. Tels sont les honneurs qui peuvent faire partie de la vraie gloire, et tels sont les seuls que les écrivains pourraient désirer et recevoir sans aucun abaissement.

Si je pouvais me déterminer à donner d'indignes préceptes à l'égard des autres récompenses que peuvent obtenir des princes ces gens de lettres peu dignes d'un pareil titre et qui souhaiteraient de semblables faveurs, je leur conseillerais de donner la préférence à celles qui, en les éloignant de la personne du prince, les aviliraient un peu moins. Mais au milieu de toutes ces récompenses et de tous ces honneurs que les princes peuvent donner à l'écrivain, le premier et le plus grand que celui-ci puisse désirer est *que les princes ne s'occupent ni de ce qu'il pense, ni de ce qu'il écrit, qu'ils ne l'approuvent, ni le désapprouvent, et qu'enfin ils ne lisent pas ses ouvrages.*

CHAPITRE XIII.

Conclusion du second Livre.

IL me semble qu'il résulte de tout ce que j'ai dit dans ce second livre, que les véritables gens de lettres ne doivent jamais se laisser protéger par les princes, parce qu'aucun d'eux ne s'est assujetti à une telle protection sans porter un grand préjudice aux lettres et en même temps à son talent et à sa réputation. Il me semble avoir aussi démontré qu'à mérite égal, l'écrivain non protégé l'emporte de beaucoup sur l'écrivain protégé. Les principales raisons que j'ai produites jusqu'à ce moment, me semblent toutes renfermées dans ce seul principe : « Le prince et l'écrivain, l'art et le » but de l'un et de l'autre étant choses diffé-» rentes et diamétralement opposées, on ne » pourra jamais réunir le protecteur et le pro-» tégé sans causer la perte et la défaite du » plus faible. »

Il est vrai que la plume d'un écrivain peut être entre ses mains une arme plus puissante, plus terrible et d'un effet plus étendu, qu'aucun sceptre et qu'aucune lance dans la main d'un

prince ; mais il est vrai aussi qu'une plume
perd toute sa force naturelle dès qu'elle n'est
plus tenue par un écrivain aussi libre, aussi
ardent, aussi enthousiaste qu'habile et ingénieux dans son art. Dès-lors si l'amitié réunit
le prince et l'écrivain, le prince devient le plus
fort ; si au contraire ils restent séparés et ennemis comme l'ont voulu la nature et la vérité,
le plus fort, le plus terrible, le vainqueur sera
l'écrivain véridique, calme et imperturbable
qui, dans cette honorable lutte, fera toujours
triompher la plus sainte des causes, l'humanité opprimée et avilie, pour laquelle seule
il aura combattu.

FIN DU DEUXIÈME LIVRE.

LIVRE TROISIÈME.

Aux Ombres des anciens Écrivains indépendans.

O! vous, écrivains augustes, qui naquîtes libres, ou qui eûtes la gloire plus grande encore de vous rendre tels dans vos ouvrages, aucun de vous sans doute n'aurait pu croire que dans nos temps modernes on s'aviserait d'élever la question de savoir si les lettres peuvent subsister et se perfectionner d'elles-mêmes, et que la plus grande partie des hommes la décideraient négativement. Et pour comble de disgrâce, le triste et continuel exemple des écrivains de nos jours entretient et confirme incessamment la multitude dans l'idée de cette fausse et funeste impossibilité.

C'est donc à vous que j'adresse mon troisième livre; il vous appartient tout entier, puisque c'est de vous seuls, de l'énergie de vos esprits qu'on retrouve dans vos ouvrages, de la force de cette lumière primitive avec laquelle vous éclairâtes vos contemporains et leurs successeurs, que j'espère tirer les argumens invincibles avec lesquels je vais combattre

et détruire cette servile et absurde opinion
généralement accréditée : que les lettres ne
peuvent se perfectionner, ni même subsister
sans la protection des princes.

O vous donc, Socrate, Platon, Homère,
Démosthènes, Cicéron, Sophocle, Euripide,
Pindare, Alcée, et vous tous écrivains libres et
purs, inspirez-moi en même temps de solides
raisonnemens et votre magnanime courage !
Combien j'ai un besoin égal de raisons puissantes et de courrage, pour convaincre une race
aveugle de cette vérité, qu'avec beaucoup plus
de motifs vous auriez pu examiner de votre
temps en renversant la question ; vous eussiez
demandé si les lettres ou toute autre entreprise
vertueuse pouvait naître, croître et s'achever
sous des gouvernemens absolus.

Actuellement que vous êtes suffisamment
éclairés sur la différence des temps, qu'il vous
plaise, non-seulement de compâtir au malheur
que je n'ai peut-être pas mérité, d'être né esclave, mais qu'il vous plaise aussi de me prê-
ter votre secours, afin que je puisse sortir d'esclavage et en retirer avec moi les écrivains de
mon temps et ceux qui doivent nous succéder. Si j'ose ainsi vous supplier de jeter sur
moi un regard favorable et de me séparer de
la foule des littérateurs modernes, une telle

audace m'est inspirée par ma conscience ;
car si le sort a voulu que je naquisse dans
ce siècle, tant que je l'ai pu du moins mon
cœur et mes désirs m'ont fait vivre en même
temps que vous et avec vous.

CHAPITRE Ier.

Introduction du troisième Livre.

QUOIQUE, dans les deux premiers livres, il me soit arrivé d'aborder accidentellement la question que je me propose en ce moment ; savoir : *si les lettres ont besoin de protection,* je ne crois pas devoir pour cela me dispenser de l'examiner ici plus en détail et plus profondément, autant que je le pourrai. Comme je devrai fortifier mes assertions par des preuves et des exemples, je commence par réclamer l'indulgence des lecteurs pour certaines répétitions qui me seront indispensables pour détruire entièrement les contradictions apparentes qu'ils pourraient remarquer entre ce qui suit et ce qui précède. Dans le premier livre, j'ai conseillé aux princes de protéger les lettres à leur manière ; dans le second, j'ai engagé les écrivains à ne souffrir aucune protection ; j'espère, dans le troisième, concilier ces deux différences apparentes. Tout lecteur attentif et éclairé les aura déjà conciliées de lui-même. Il aura remarqué qu'en conseillant aux princes de protéger les lettres, j'ai assez

indiqué de quelles lettres et de quelle protection j'ai voulu parler. Par les lettres, j'enten-
dais cette demi-littérature d'aujourd'hui, tellement enracinée partout qu'on ne saurait
plus l'extirper; qui n'est point enfantée par le
génie des hommes, mais qui peut à peine en
donner une idée; qui est née dans la servitude où elle a puisé son avilissement, et qui
n'a plus rien à perdre par la protection. Et
quand j'ai démontré aux gens de lettres qu'ils
ne devaient jamais se soumettre à la protection des princes, le lecteur aura pareille-
ment compris que je ne m'adressais qu'au
petit nombre de ceux qui, pouvant, avec leurs
propres ailes, s'élever au-dessus du vulgaire,
s'abaissaient, et les lettres avec eux, en cour-
bant un front humilié devant une dangereuse
protection.

~~~~~~

CHAPITRE II.

Si les Lettres peuvent naître, se perfectionner
et subsister sans protection.

La simple énonciation d'une semblable question a d'abord l'air d'une plaisanterie. Elle doit exciter le rire aussi-bien que cette autre : est-il vrai qu'il ait existé un Platon, un Cicéron, un Locke ? est-il vrai qu'ils aient écrit, eux et cette longue série d'auteurs Grecs, Latins et Anglais ? l'existence de leurs ouvrages y répond suffisamment.

L'asservissement moderne, tout en se servant de rempart et de bouclier à soi-même, n'ose nier même en secret, que de tels écrits et des auteurs si parfaits aient existé sans aucune protection ; mais elle soutient que cela ne pourrait plus être de même, vu le changement des temps et des hommes. Pour prouver une telle assertion, on cite les exemples fournis par dix-huit siècles consécutifs ; on s'arme des noms révérés de Virgile, d'Horace et de quelques autres écrivains du siècle d'Auguste; plus tard, de ceux non moins recommandables d'Arioste, du Tasse, de Bembo, de Casa et de quelques autres, inférieurs aux premiers écrivains du siècle de Léon X. On s'arme enfin des noms plus récens de Corneille, de Racine, de Molière, de Boileau et de ceux qui ont illustré le beau siècle de la France, et l'on en conclut que sans les Auguste, les Léon et les Louis XIV, ces grands écrivains n'auraient pas existé; et qu'il ne peut en renaître de pareils qu'à l'ombre d'une semblable protection.

J'examinerai d'abord s'il ne peut y avoir de tels auteurs sans le secours d'aucune protection; nous verrons ensuite s'ils ne seraient pas supérieurs à ceux-ci, c'est-à-dire, plus utiles, si au lieu de les prendre pour modèles, ils cherchaient plutôt à imiter les écrivains du siècle d'Athènes.

Je commence par cette question : « Quelles » choses émanées d'Auguste ont contribué » au succès des ouvrages d'Horace et de » Virgile »? On me répond : « Le repos, le » loisir et ces témoignages publics d'estime, » si puissans pour encourager à bien faire; » ils eurent de plus la douceur des habitudes » que donne une cour brillante, la pureté » et l'élégance d'un langage choisi, qui ne » peut se former et se perfectionner que » dans les cours ». C'est-à-dire, si j'interprète ces mots, *dans les cours*, dans ces tristes lieux où la crainte et les désirs se disputent le soin de rabaisser les hommes; où la connaissance qu'ils ont les uns des autres, et leur haine mutuelle, les engagent à se cacher réciproquement leur mépris : de là ces moyens souples et polis d'offenser, de tromper, de demander, de refuser, de prendre, etc. Comme la tyrannie ne revient sur ses pas qu'après être parvenue à son comble, c'est cette politesse et cette souplesse que les peuples, devenus de plus en plus esclaves, regardent comme le plus haut degré de perfection auquel un idiome puisse atteindre.

Voilà donc tout ce qu'Auguste a pu donner à Virgile et à Horace. Mais supposons qu'Horace et Virgile fussent nés chevaliers romains, suffisamment pourvus des dons de la fortune, et qu'ils aient été noblement élevés, n'auraient-ils pu, sans Auguste, écrire avec la même élégance et gagner du côté de la pensée? Il en eût été de même en Italie de l'Arioste et du Tasse sans la maison d'Este, et en France, de Corneille, de Racine et de Molière sans Louis XIV. Ils auraient donc eu en eux toutes les mêmes facultés d'esprit pour écrire, et en même temps tous les moyens qu'ils recevaient d'un protecteur;

et de plus, ils auraient par là possédé l'élévation d'esprit si nécessaire pour exprimer
avec force ce que l'on pense et que l'on sent
fortement : cette élévation n'est le partage
que de ceux qui sont nés indépendans, et on
ne l'acquiert jamais; mais celui qui l'aurait
reçue de la nature, la perd à l'approche d'un
protecteur, et jamais un protecteur ne pourra
par conséquent l'inspirer à celui auquel elle
n'a pas été départie. Ainsi donc dans tous les
temps, comme dans notre siècle, des écrivains
comme Virgile, Horace, le Tasse, l'Arioste,
Racine, Molière peuvent exister et s'élever
sans protection, quand ils n'en ont pas besoin
en naissant.

Pourquoi donc tant se plaindre de ce qu'il
n'y a plus de Mécènes? C'est, s'il y en avait
que l'on devrait proférer de justes plaintes :
on pourrait alors s'affliger de ne point voir
d'esprit fort, joint à un génie transcendant,
parmi les hommes nés dans l'aisance, puisqu'il
est démontré qu'une âme élevée, une entière indépendance, la force du sentiment
et la pénétration du génie sont les quatre
qualités qui forment l'écrivain sublime, et
non pas la médiocrité exhaussée par la protection. Si pourtant un de ceux que j'ai
désignés plus haut s'apercevait à temps qu'il

ait reçu ces quatre qualités en partage, qu'il
se recueille et se mette à l'ouvrage. Qui peut
nier qu'il ne réussirait sans aucun Mécène,
et cela beaucoup mieux qu'aucun esclave
protégé? Maintenant, pourquoi, parmi ces
nobles ou ces riches les mieux élevés, qui éta-
lent et déploient avec tant d'orgueil la pourpre
de leur servitude; pourquoi, dis-je, avec une
noblesse d'âme bien moins imaginaire, ne se
font-ils pas, non point protecteurs ineptes
des gens de lettres, mais véritables écrivains
eux-mêmes, et par là protecteurs réels de
la vérité et de tous les hommes? Ils auraient
sous une monarchie bien plus de moyens de
parvenir à ce but, que ceux qui sont nés
dans une classe humble et pauvre; mais la
crainte, qui agit sur les hommes en raison
directe de ce qu'ils possèdent, les retient
et les empêche. Ajoutez que la sotte vanité
de la naissance ôte aux grands cette divine
influence qui souffle le désir de devenir
vraiment grand; et que si la faiblesse empêche
les nobles et les riches d'être, sous une monarchie, de grands écrivains remarquables
par leur sévère hardiesse pour les intérêts
des lumières et de la vérité, qui peut s'opposer à ce qu'ils marchent sur les traces
d'Horace, de Virgile, d'Arioste, du Tasse,

de Racine et de quelques autres? Remarquez, en outre, qu'à mérite égal, ces écrivains nobles et riches seraient bientôt supérieurs à ceux qui ne jouissent pas des mêmes avantages, puisque, exempts de besoins et plus indépendans, leurs écrits ne seraient point souillés de basses adulations et d'impudens mensonges.

Mais malheureusement les nobles et les riches ne veulent être, sous une monarchie, ni poëtes philosophes, ni simplement poëtes. Je remarque, d'après cela, que sous un tel gouvernement, plus on a de moyens pour cultiver les lettres et moins on les cultive; que ceux-là seuls s'y appliquent qui sont retenus par des obstacles, ou bien encore ceux qui, poussés par un médiocre mouvement d'esprit, obéissent à la nécessité qui détruit toute impulsion généreuse; d'où je puis facilement tirer cette conclusion : « Que les lettres, bien que » protégées, ne peuvent, sous une monar- » chie, se maintenir qu'avec peine et dans un » état de langueur plus apparent que vrai, » précisément parce que la protection qu'elles » reçoivent leur est nécessaire. » Ce qui me paraît un peu différent de ne pouvoir exister sans protection.

Venant ensuite à la seconde partie de ma

proposition, je démontrerai en peu de mots que des écrivains qui sauraient s'affranchir des erremens de ceux que j'ai cités plus haut, leur deviendraient supérieurs. Quiconque voudra réfléchir avec impartialité, rapporter les effets à leurs véritables causes, et rendre à chacun ce qui lui appartient, sera forcé de convenir que l'origine aussi-bien que le perfectionnement des lettres dérivent de la vraie liberté et non du pouvoir absolu; mais que, par la suite, les princes les ayant trouvées abaissées devant eux, ont jugé convenable de les relever, pour les tourner plutôt du côté de l'agrément que de celui de l'utilité. Les exemples en font foi. Virgile et Horace empruntèrent aux Grecs leur mesure et le sujet de leurs chants : quant à Auguste, ils ne lui durent que la timidité et la flatterie; je n'oserais ajouter l'élégance de leur style, puisque ces deux auteurs, ainsi que les autres latins, empruntèrent plus au grec qu'au langage d'Auguste et à celui de ses courtisans. La plus noble partie des œuvres de ces deux excellens écrivains leur venait donc de l'ancienne liberté de la Grèce, et la plus faible de l'asservissement de leur siècle.

De même l'Arioste et le Tasse, les deux plus brillans fleurons de notre couronne littéraire,

prirent de nos anciens écrivains, tels que le
Dante, Pétrarque et Boccace, les inventions,
le mètre, et de plus, le nerf, la fleur et l'élégance du langage, qui déjà s'était perfectionné
en Toscane sans la protection des Médicis.
Mais de la protection qu'ils reçurent, et de leur
temps, l'Arioste et le Tasse ne surent prendre
que la crainte, l'adulation et l'art de penser
peu et sans force. De même, en France, les
écrivains les plus élégans, quoiqu'ils n'y aient
apparu qu'à l'époque du despotisme de Louis
XIV, ne furent pas pour cela redevables à ce
despotisme. Mais les lettres, dont la culture
avait été préparée pendant les temps moins
avilis qui avaient précédé ce siècle, ne com-
mencèrent qu'alors à fleurir; et l'on convien-
dra, si l'on veut être sincère, que les lettres
durent bien plus leur prospérité à l'imitation
des auteurs grecs, latins et toscans, qu'à la
protection du monarque; que la protection,
enfin, ne peut être d'aucun secours pour
les écrivains, si ce n'est en leur procurant les
moyens de rechercher, de transplanter, de
s'approprier, en les affaiblissant, les lettres
déjà nées, cultivées et perfectionnées dans le
sein créateur de la liberté.

Le triple et éclatant exemple du Dante, de
Pétrarque et de Boccace, qui ne fleurirent sous

aucun prince, est plus propre que quelque autre que ce soit à résoudre la question. C'est par les mains de ces trois grands hommes que la langue toscane a été élevée aussi haut : soumis à la seule influence de leur génie, ils étaient libres de toute protection; sous leur plume cette langue joignit la plus exquise élégance à la délicatesse, et la concision à l'énergie; c'est ainsi que, comme la langue grecque, elle sut se perfectionner sans être tachée d'aucune protection. Mais pendant les deux siècles suivans, la langue italienne ayant été entravée dans sa marche par des protecteurs, elle n'acquit plus rien en élégance et perdit beaucoup sous le rapport de la concision et de l'énergie. En outre, ces trois grands écrivains me fournissent encore une preuve de l'immense supériorité des écrivains libres sur ceux qui sont assujettis. Pour se convaincre de cette supériorité relativement à ces trois écrivains, et surtout au Dante, sur tous ceux qui leur ont succédé, soit pour la manière vigoureuse de penser et de sentir, soit pour la hardiesse des inventions, soit pour l'élégance et l'originalité des expressions, il suffira de les comparer au Tasse et à l'Arioste, comme aux deux meilleurs écrivains qui aient existé depuis eux. Je m'en rapporterai même au

jugement de leurs admirateurs les plus exclu-
sifs, et je leur demanderai s'il existe rien dans
leurs ouvrages, principalement comme conception et comme exécution, que l'on puisse
égaler à l'épisode d'Ugolin, à plusieurs autres
passages du Dante moins connus, mais non
moins parfaits, aux meilleurs sonnets, aux
Canzonette et aux chants de triomphe de
Pétrarque. Je m'en rapporterai aux mêmes
juges, pour savoir si le Tasse et l'Arioste, écrivant dans une cour et retenus par ses liens, auraient jamais osé concevoir ces sonnets si véridiques de Pétrarque sur Rome, ou bien les
satiriques et courageux tercets du Dante, ou
même ce seul vers sur Rome, le 49e. du 17e.
chant du Paradis :

> *Là, dove Cristo tutto dì si merca.*
> Cette ville où le Christ est vendu tous les jours.

Je laisse à penser si, n'ayant point de tels
exemples et avec le seul secours de la maison
d'Este, le Tasse et l'Arioste auraient élevé la
langue italienne à un aussi haut degré de
splendeur. Prétende qui voudra que si, au
contraire, Dante et Pétrarque fussent nés
deux siècles plus tard, et déjà précédés d'un
autre Dante et d'un autre Pétrarque, ils n'auraient pas pu même exécuter les deux poëmes

de l'Arioste et du Tasse, et par conséquent
rien de mieux ; pour moi, il me semble évident que l'Arioste et le Tasse, soit parce qu'ils
ont été protégés, soit qu'ils aient été doués
d'un génie inférieur, n'auraient jamais pu
composer plusieurs des poësies libres et har-
dies de Pétrarque, et presque rien du poëme
mâle et sévère du Dante. Je dois cependant
convenir qu'il aurait été facile à un auteur
qui serait venu après le Dante, de faire dispa-
raître de son poëme les bizarreries et les iné-
galités qu'on y remarque ; mais il n'aurait
jamais pu atteindre à ses sublimes beautés. On
remarque, à l'égard de Pétrarque, que, bien
qu'il fût réduit à errer de cour en cour, il
ne se laissa enchaîner dans aucune et ne se
dégrada, ni par aucune flatterie, ni par aucun
mensonge. Ce qui vient sans doute de ce que
Pétrarque n'était le sujet d'aucun des princes
dont il fréquenta la cour ; de ce que les princes
d'alors ne jouissaient pas d'un pouvoir aussi absolu et ne se trouvaient pas placés, comme aujourd'hui, à une aussi outrageuse distance des
autres hommes ; on sait d'ailleurs que le roi
de Naples, Robert, qui lui-même cultivait la
poësie, était plutôt l'ami et l'émule de Pétrarque
que son protecteur ; ce que j'attribue enfin à
l'esprit même du poëte, qui, en butte aux coups

de la fortune et assiégé par tous les besoins, ne put cependant oublier jamais la liberté qu'il avait reçue avec la naissance. Le Tasse, au contraire, fils du secrétaire d'un petit prince de Sorrente, quoiqu'il fût doué d'une âme élevée, se trouva ébloui par la cour des petits princes de la maison d'Este, où il fut recueilli lorsqu'il manquait de tout.

Marchant ainsi de preuve en preuve, me laissant plutôt aller aux caprices de mon cœur qu'aux conseils de ma raison, il s'en présente deux qui me paraissent tellement péremptoires, qu'elles seraient suffisantes pour démontrer la vérité de ce que contient ce chapitre. Pour prouver aux personnes ... plus endurcies dans l'opinion contraire, que des écrivains tels qu'Horace et Virgile pourraient naître et développer leur génie sans le secours de la protection, il suffit de leur montrer Pétrarque. Autant qu'il est possible de rapprocher les langues modernes, pauvres et timides, de la richesse et de la hardiesse des deux plus belles langues de l'antiquité, Pétrarque l'a fait en donnant à notre idiome cette élégance et cette sublime harmonie qu'il semble impossible de surpasser. Le divin Pétrarque, assez mal imité dans la coupe de son style, encore plus mal dans sa tendresse,

n'est ni imité, ni compris dans sa pensée et
dans son expression : on peut même assurer
que, sous ce rapport, il n'est connu que d'un
très-petit nombre de lecteurs. Il suffira pour
prouver que, de nos jours, il pourrait exister et s'élever des écrivains semblables à
ceux qui ont illustré les deux beaux siècles
modernes et celui d'Auguste, et presque à
ceux d'Athènes; il suffira, dis-je, de nommer le Dante. Si ce poëte n'égale pas
toujours l'élégance et la délicatesse des auteurs athéniens, soit qu'il ne le veuille pas,
soit qu'il regarde cela comme inutile, soit
qu'ayant été l'inventeur de sa langue il n'en
ait pas eu la possibilité, toujours est-il certain
qu'il ne leur reste pas inférieur, par la pro-
fondeur, la hardiesse, l'imitation, le raisonnement, la concision, la liberté et l'énergie;
qualités qui presque toutes sont incompatibles
avec la monarchie, et qui, certes, ne souffrent point de protection. S'il était possible
qu'une nation donnât successivement naissance à deux Dantes, le second atteindrait,
sans contredit, le *nec plus ultra* de la littérature; et ces deux écrivains donneraient plus
à penser aux hommes que dix Horaces et autant de Virgiles.

De tout ce que j'ai rapporté jusqu'à ce mo-

ment, soit en raisonnemens, soit en faits, il résulte, si je ne me trompe, que non-seulement les
lettres peuvent exister et se perfectionner sans
protection, mais que ce qu'elles ont de plus
sublime ne peut exister avec la protection.
J'ai choisi le Dante pour exemple, parce que
le lisant beaucoup, je crois le sentir et le comprendre; peut-être me serais-je également ap-
puyé d'Homère et de Sophocle, si leur langue
divine m'eût été familière. Mais je crois avoir
trouvé dans le Dante une démonstration suffisante et irréfragable de ce que j'ai avancé,
puisque le Dante, sans aucune protection, a
su s'élever et devenir grand; puisqu'il a sub-
sisté et qu'il subsistera toujours. Quelle est la
protection qui a pu, pourrait, ou voudrait
faire naître un Dante? Il est bien plus pro-
bable que, si un protecteur prévoyait la naissance d'un tel homme, il ferait tous ses efforts pour l'empêcher.

CHAPITRE III.

Quelle différence il y a entre les Belles-Lettres et les Sciences, considérées sous le rapport de leur existence et de leur développement sans protection.

Je me suis, jusqu'à ce moment, exprimé sur les Lettres, de manière à ce que chacun puisse voir clairement que je n'ai point compris les sciences exactes sous cette dénomination. En faisant la revue des grands hommes, j'ai omis jusqu'à présent les noms d'Euclide, d'Archimède, de Galilée et enfin du divin Newton, preuve évidente que je n'ai point confondu *les Lettres* avec *les Sciences*. Quant à celles-ci, je ne puis en parler qu'avec la timidité qui convient à un écrivain qui leur est étranger. N'ayant point à argumenter sur les sciences mêmes, mais seulement à examiner leurs effets, leur influence et leurs vicissitudes, j'espère que, guidé uniquement par la raison et la vérité, je ne tomberai point dans des erreurs que l'on sait toujours éviter lorsque l'on a la connaissance de soi-même.

Voici comment je définis les sciences : *Les mystères et les lois de la nature et des corps, recherchés et expliqués autant que cela est possible à l'intelligence humaine ;* elles me paraissent une portion de terrain séparée du champ de la littérature et entièrement différente des belles-lettres dont je donnerai cette autre définition : *Les mystères, les lois et les passions du cœur humain, développés, mis en mouvement et directement dirigés vers le but le plus utile et le plus naturel.* Ces deux arts ont donc à s'occuper de choses essentiellement distinctes, l'un ayant à analyser les corps sensibles, l'autre à reconnaître et à toucher les passions intérieures ; l'un ayant à rechercher la découverte des vérités palpables, l'autre devant incessamment remettre au grand jour les vérités morales, que de grands et bons exemples ont bien assez démontrées, mais que la méchanceté et la mauvaise foi de quelques hommes ont sans cesse altérées, déguisées, arrêtées, enfouies ou persécutées. De l'extrême opposition de ces deux buts, il naît une diversité de rapports et d'effets non moins grande, bien que les moyens qui constituent l'un et l'autre découlent également du génie et de la plume. Il faut que j'examine à fond cette diversité de rapports et d'effets, afin de résoudre par des preuves solides et incontestables la nouvelle question que je traite, ainsi que je l'ai fait pour les lettres.

Les sciences, comme tout ce qu'il y a d'excellent, nous viennent des Grecs, c'est-à-dire, d'hommes libres. Il semble en effet que la découverte des principes cachés et sublimes des choses, exige une contention d'esprit telle, que cette ardeur curieuse ne pourra jamais être le partage d'un esclave timide. Cependant, les élémens et les règles des sciences une fois établis, l'influence des vérités physiques se fait si peu et si lentement sentir sur la politique, que c'est par cette raison que la tyrannie dédaigne d'empêcher ce qui ne lui semble point avoir contre elle un résultat immédiat : je ne doute donc point que si Newton, doué de son génie et avec les progrès que les sciences avaient fait avant lui, était né ou avait été transporté sous le plus absolu des gouvernemens d'Europe, il eût pu tout aussi bien imaginer son système que dans le sein de la liberté où il naquit. Lorsque je parle *des progrès que les sciences avaient fait avant lui,* je crois démontrer en même temps que la liberté est toujours nécessaire à ces savans primitifs qui découvrent et enseignent les lois qui régiszent les corps, mais qu'elle ne l'est plus pour leurs successeurs, qui amplifient et décrivent ces lois à l'aide des moyens déjà inventés, et donnent l'apparence de la création à l'imitation perfectionnée. Découvrir les premières vérités, poser les premiers principes, trouver le premier système, tel est le prix pour lequel les sciences et les lettres peuvent également concourir; mais, ce prix, ni les unes ni les autres ne peuvent l'obtenir que sous un gouvernement libre, et parmi des hommes qui osent se livrer à toute la hardiesse de leurs pensées. Dans leur marche, les sciences et les lettres s'éloignent les unes des autres, en raison de la différence existante entre les deux buts vers lesquels elles marchent et entre les objets dont elles traitent, savoir : la partie matérielle et la partie morale des choses. C'est en effet sous la liberté, et loin de toute protection, que les lettres sont parvenues à leur plus haut degré de splendeur; les sciences, au contraire, firent peu de progrès chez les deux grands peuples de la Grèce et de Rome, tandis que depuis elles brillèrent d'un vif éclat sous les gouvernemens modernes, où elles furent protégées sans être libres. On trouvera une preuve suffisante de cette vérité, en comparant l'état de la physique,

de la géométrie, de l'astronomie, de l'algèbre,
de la navigation, de l'anatomie, de la botanique et de presque toutes les sciences, dans
les livres anciens, avec l'état de ces sciences tel
qu'il est indiqué dans les ouvrages modernes;
et en même temps, la valeur, l'influence et les
effets des lettres sous les gouvernemens de
notre temps, avec leur valeur, leur influence
et leurs effets sous les anciennes républiques.
Mais avant de nous livrer à la discussion
des faits, nous devons, ce me semble, en
rechercher les causes. Parmi ces causes, celle
qui me paraît la plus évidente, et que je
crois avoir d'abord indiquée, est comprise
dans ces mots de la définition des sciences
que j'ai donnée plus haut : Lois des corps.
Il faut une suite de siècles d'une application
continuelle, pour bien connaître et bien
établir de telles lois, et celui qui s'y ap-
plique ne doit pas faire autre chose. Plusieurs générations consécutives d'hommes
continuellement attentifs sont donc nécessaires, pour qu'une loi relative aux corps
soit suffisamment démontrée par une série de
preuves évidentes. Un long repos et une
tranquillité parfaite sont donc nécessaires à
une nation qui veut contribuer aux progrès
des sciences; il est en outre une infinité de

dépenses, d'inventions, de machines dispendieuses à exécuter, d'expériences, de longs voyages qui exigent, de la part des gouvernemens, une protection spéciale qui doit s'étendre sur les savans auxquels elle assure la tranquillité : tout cela s'obtiendra plus facilement sous une monarchie que dans une république.

Les anciennes et véritables républiques, bien loin d'entretenir un homme adonné aux sciences, ne souffraient pas que son bras et ses conseils ne contribuassent pas à la prospérité présente de la chose publique ; et l'avantage qu'on retire des sciences est, ainsi que j'espère le démontrer, un de ceux qui ne frappent la multitude qu'alors que l'application d'une vérité est mise en pratique. Dans les républiques, presqu'aucune production du génie ne pouvait réussir qu'en enseignant et en proclamant la vraie vertu, tandis qu'au contraire les ouvrages de ce genre n'obtiennent de succès sous une monarchie qu'en ne parlant d'aucune vertu.

Les immenses progrès que les sciences ont faits sous les monarchies modernes, témoignent irrécusablement combien la protection et la faveur sont nécessaires à ces progrès. Ainsi la décadence des lettres, et le but qu'elles se proposent, entièrement changé ou prodigieusement affaibli dans les états despotiques, servent à prouver que non-seulement les lettres n'ont pas besoin de protection, mais que celle-ci leur cause un sensible dommage. Les diverses académies des sciences et des lettres répandues dans les états de l'Europe, et qui produisent un résultat si opposé, concourent à l'envi à corroborer mon opinion : les académies des sciences ont donné et donnent sans cesse naissance aux plus vives lumières et aux savans les plus distingués, tandis que des autres il n'est jamais sorti un grand homme; bien plus, si un homme puissant a ambitionné de faire partie de l'une d'elles, il s'est rabaissé au-dessous de lui-même en recevant en quelque sorte le droit de participer à un double esclavage. Il suffit de la plus simple observation, pour être assuré qu'une telle différence est toute entière dans la définition de ces deux genres ; *les lois des corps* n'offensent pas les princes, tandis qu'ils annullent et renversent *les lois et les passions des hommes dirigées vers le but le plus vrai et le plus utile.* Voilà pourquoi les princes protègent les sciences pour les faire prospérer, et les lettres pour les avilir, les détourner de leur but et les opprimer, ne pouvant les anéantir entièrement, tant qu'il y aura des hommes sachant lire et sentant frémir dans leur sein des passions généreuses.

Les fai's seuls prouvent donc, de la manière la plus évi'ente, que non-seulement la protection ne nuit pas à la perfection des sciences, mais que même elle y coopère, tandis qu'au contraire elle nuit souverainement à la plus essentielle partie des lettres, c'est-à-dire, à la vérité et à l'utilité qui peuvent en résulter. Mais cela ne me suffit pas ; je vais plus loin, et je dis que jamais les sciences n'auraient prospéré sans protection, comme aussi jamais les lettres n'ont prospéré avec elle. J'observerai, en passant, que la protection d'un prince nuit si essentiellement aux lettres, qu'elle leur nuit jusque dans la personne de l'écrivain qui ne recherche pas cette protection. Protection est sinonyme de puissance, et la puissance inspire toujours la crainte : cette protection est-elle recherchée par un écrivain? elle le perd; la méprise-t-il? on l'empêche d'écrire; il est opprimé. On ne saurait donc séparer le mot PROTÉGER du mot EMPÊCHER, puisque celui qui ne veut pas être protégé est sûrement empêché, à moins qu'il ne cherche un asile assez

éloigné pour que ni la protection ni la colère
du maître ne puissent arriver jusqu'à lui.

Une autre preuve, non moins évidente,
qu'aucune science ne saurait prospérer sans
protection, c'est qu'on ne trouve nulle trace
de ces sciences dans les contrées de l'Orient
absolument esclaves, et où rien de ce qui
est utile n'est ni protégé ni connu. Pour être
au contraire convaincu que les lettres naissent et peuvent prospérer sans protection,
il suffit d'observer que, dans ces mêmes contrées, les lettres ont en quelque sorte pris
racine malgré le gouvernement monstrueux
qui s'appesantit sur elles. Toutes les nations
les plus opprimées par le despotisme, et parmi
elles les Hébreux surtout, ont donné naissance
à des poëtes ; leurs troubles civils ont produit
des orateurs et des politiques; et quoique l'esclavage n'admette pas de philosophes propre-
ment dits, une certaine philosophie naturelle
s'est cependant frayé un chemin au moyen de
ces poëtes, de ces orateurs et de ces philosophes, tout soumis qu'ils étaient à une puissance absolue; peut-être même est-ce cette philosophie qui les transformait en prophètes.
Combien d'autres philosophes auraient, ou,
pour mieux dire, ont existé parmi ces nations

barbares et soumises, qui seraient connus
de nous si leurs ouvrages avaient été im-
primés ! La faculté d'étudier et de connaître
le cœur de l'homme, est plus ou moins accordée par la nature à tous ceux qui ne
sont pas frappés d'imbécillité; personne ne
saurait nous priver de cette faculté, et chacun
de nous, par la seule force de son intelligence, peut se perfectionner lui-même dans
cette science profonde. Ainsi donc, quoique
cela soit plus rare et plus difficile, il est
possible à un homme, dans quelque esclavage qu'il soit né, de penser, de sentir,
d'inventer et d'écrire. Mais on n'a jamais
vu et on ne verra jamais les sciences ma-
thématiques fleurir sans la protection d'un
gouvernement, comme jamais aucune grande
découverte n'a été faite dans les sciences
sans le secours de la puissance. Le mouvement des astres, la forme de la terre, l'art de
construire et d'armer des vaisseaux, la vertu
des plantes, l'analyse mécanique du corps de
l'homme, les diverses espèces d'animaux et
la température des climats, toutes ces découvertes, et d'autres semblables, ne sont pas
moins dues à l'argent du prince qu'au génie
de l'observateur, qui, sans un tel appui,
n'aurait rien ou presque rien découvert.

Mais, du génie et de la santé, un très-petit nombre de livres et une immense liberté, voilà ce qu'il faut seulement au véritable écrivain, lorsque, comme Homère et Platon, il possède tout en lui-même ; un prince ne peut ni ôter, ni empêcher, ni diminuer ces qualités, mais il ne saurait non plus les donner, ni les accroître.

Parmi les savans, le grand Newton fait cependant une exception à toutes les règles : il est son propre ouvrage. Ses découvertes ne sauraient être considérées comme de simples progrès ; ce sont de véritables créations : et cette masse de lumières que, selon les savans, il aurait puisée dans Galilée, dans Bacon et dans d'autres auteurs, je ne puis me déterminer à la regarder comme l'unique foyer de toutes ces lumières qui jaillissent de son génie, mais seulement comme une parcelle qui a pu l'inspirer ; privé d'un tel secours il n'en aurait pas moins conçu un nouveau système ; il se peut que ce système eût été moins parfait, mais toujours est-il vrai qu'il eût été grand, extraordinaire et l'œuvre de son seul génie. Quoique ce véritable prototype de la science n'ait eu, en apparence, aucun autre véhicule que celui qui poussa Homère et Platon, et qu'aucune protection visible ne l'ait con-

duit à la découverte et à la connaissance
du véritable moteur de l'univers, cela ne
prouve rien contre ce que j'ai dit que les
sciences ne pouvaient rien faire par elles
seules, puisqu'enfin Newton a obtenu cette
sorte de protection inerte qui lui était indispensable et qui consiste dans le repos, la liberté et la tranquillité. L'ayant reçue d'une
nation libre, cette protection lui fut plus
utile et plus honorable que s'il l'avait due au
caprice arbitraire d'un souverain. A l'appui de
cette assertion viennent Galilée et Descartes
qui, pour n'avoir pas été protégés ou pour
l'avoir été d'une manière équivoque par des
princes, n'en furent pas moins en proie à des
contrariétés et à des persécutions qui les envi-
ronnèrent d'obstacles.

Mais je m'apperçois qu'en parlant des auteurs des principales inventions dans les sciences
je les soustrais, pour la plupart, aux lois auxquelles j'ai soumis les sciences elles-mêmes ;
et je vois clairement que leurs tribulations
sont les mêmes que celles des gens de lettres,
parce que, comme philosophes, ils sont élevés
à un aussi haut degré de dignité. Ce petit
nombre de savans qui créent et inventent doit
donc être entièrement séparé de ces érudits
dont toute la science consiste dans la connais-

sance de choses déjà connues; car, ne feraient-ils faire que quelques pas, même imperceptibles, au-delà de ce qui est déjà su, ils font partie de la roue sur laquelle se développent les progrès des sciences. Ceux-ci rentrent dans la catégorie des savans que l'on protège, que l'on doit protéger et auxquels la protection est avantageuse. Mais Euclide, Archimède, Newton, Galilée et Descartes sont soumis aux mêmes chances que les grands écrivains : c'est pourquoi, si, comme les trois premiers, ils ont eu le bonheur de naître dans un pays libre, il leur suffit d'avoir la liberté d'agir; mais si, comme les deux derniers, ils sont nés sous le despotisme, ils seront plutôt entravés et persécutés que protégés par la puissance civile et par la puissance religieuse ; et en effet, tel fut le sort de Galilée et de Descartes.

L'invention d'un système dans la connaissance des lois de l'univers est donc, en tout point, sujet aux mêmes chances, que la découverte des vérités morales dont on prohibe la promulgation : mais en se contentant d'ajouter quelque chose aux systèmes déjà connus, et en contribuant aux progrès des sciences, particulièrement de celles qui ont pour objet la nature des corps, intrinsèquement consi-

dérés, on suit les chances attachées à l'étude
de ces vérités qui n'offensent en rien le pouvoir absolu, qui n'ont aucune influence sur
les affaires politiques, et qui ne font faire
aucun pas dans la science suspecte du cœur
humain.

~~~~~~

CHAPITRE IV.

Lequel a été le plus utile, ou le perfectionne-
ment des Sciences, aux peuples modernes
et esclaves, ou le perfectionnement des Lettres
aux peuples anciens et libres ?

Jusqu'ici j'ai comparé entre elles les lettres
et les sciences par rapport à leur origine, leurs
causes, leurs moyens et leurs vicissitudes; il
me reste maintenant à les suivre dans leurs
différens effets. C'est par ces effets surtout que
tout le monde sera à même de juger quelles
sont les plus importantes et les plus utiles, et
quelles sont, sous ce rapport, celles qui doivent être nécessairement le plus appréciées par
les hommes et le plus redoutables aux princes.

Par la méthode d'Euclide, et par celle d'Archimède, la haute géométrie semble portée à
sa perfection; mais la géométrie usuelle et la
plus nécessaire, c'est-à-dire, celle qui consiste
dans les principes des lignes, était déjà connue
de toutes les nations même barbares, sans
qu'elles en sussent peut-être le nom. De notre
temps les peuples les plus ineptes et les plus
grossiers construisent des maisons, les re-

couvrent de toits, font des charrettes, des char-
rues et tous les autres instrumens de première
nécéssité; ils sont ainsi géomètres sans s'en douter. Nous devons aux grands hommes, dont je
viens de parler, la haute géométrie, base et
principe de toute science. Par elle on apprit à
mesurer les planètes; leurs mouvemens furent
calculés; les causes de ces mouvemens furent
soumises au génie de l'homme qui, certes, ne
pouvait étendre plus loin ses conquêtes. De
cette science naquit le perfectionnement des
arts secondaires; la navigation fut portée jusqu'aux extrémités du globe, dont l'étendue
même fut trop resserrée au gré de la cupidité
humaine; la physique et l'histoire naturelle lui
dûrent d'immenses progrès. Toutes ces vastes
possessions qui firent croire aux Romains qu'ils
étaient les maîtres du monde n'éblouiraient
plus aujourd'hui leurs yeux, s'ils voyaient
quelle faible portion de la terre ils ont occupée, et combien cette terre elle-même est
une parcelle infiniment petite de cet immense univers dont le mouvement des corps
célestes nous a dévoilé l'étendue, domaine
sans limite pour l'insatiable ardeur de l'homme
qui, plus elle cherche à atteindre aux sources
de la vérité, voit et se convainc chaque jour
que plus on apprend et plus il reste encore à

savoir. Que si la découverte des lois auxquelles sont soumis les mouvemens des corps a lieu de flatter l'orgueil de l'esprit humain, la cause occulte de ces lois, la manière seule dont s'engendrent les plantes et les animaux, n'en demeurant pas moins ensevelis dans les mystères d'une nuit profonde, fatiguent et humilient ce même orgueil.

Cet immense savoir est donc le résultat des progrès des sciences, mais à quelque point qu'il soit parvenu il lui reste plus à faire qu'il n'a fait encore. Ce savoir, quel qu'il soit, a valu aux temps modernes les avantages attachés à la navigation et au commerce, arts dans lesquels nous sommes infiniment supérieurs aux anciens. Mais la navigation et le commerce ont amené à leur suite une foule d'arts inutiles, un luxe effréné, tous les maux qu'il engendre; et c'est par eux que, dans toutes les vertus morales et politiques, nous sommes infiniment inférieurs aux anciens. Il ne me semble pas que cette tendance générale à perfectionner les sciences ait contribué à l'amélioration des institutions vraiment utiles à la société. La mécanique, en offrant les moyens de faire des instrumens aratoires plus parfaits, n'a pas étendu, comme elle paraissait devoir le faire, le domaine de l'*Agriculture*, de cet art, père de tous les arts. Pourquoi cela? parce qu'une charrue commune, conduite par un bras libre et vigoureux, creusait de meilleurs sillons que ceux que trace la main abâtardie d'un esclave avec un instrument plus parfait. En effet, parmi nous qui sommes éclairés et soumis, on voit souvent une même étendue de terrain nourrir un plus petit nombre d'hommes que lorsque ceux-ci étaient ignorans, mais libres.

La médecine, le second des arts, dans l'ordre de leur utilité par rapport au corps humain, n'a reçu ni accroissement, ni extension sensible par suite des progrès immenses de la physique et de la botanique, ni par la chimie tant vantée, ni par l'anatomie perfectionnée, ni par la découverte d'autres connaissances analogues. Les livres se sont multipliés et avec eux les médecins et les malades; quant au nombre de morts, il est toujours le même s'il n'est pas plus considérable. On ne vit pas plus long-temps, et peut-être même la vie est-elle plus courte, avec toutes nos sciences, que chez les anciens avec leur ignorance, après beaucoup de raisonnemens, d'observations et d'écrits, après même la découverte et la démonstration de la circulation du sang. On peut donc conclure, sans crainte d'être

accusé d'injustice, que tout ce qui, dans la
science médicale, est susceptible de démonstration, était déjà renfermé dans les œuvres peu
volumineuses d'Hyppocrate. La chirurgie a
fait beaucoup plus de progrès, dans les temps
du moyen âge, époque à laquelle on avait
perdu jusqu'à la trace des sciences et des arts :
mais comment savons-nous si les anciens chi-
rurgiens des nations cultivées opéraient bien
ou mal? Chaque jour les antiquaires, par la
découverte d'inscriptions, de tableaux, d'instrumens, ou de tout autre objet, détrompent,
par l'examen de ces antiquités, l'opinion des
modernes qui s'étaient d'abord attribué le
mérite de plusieurs inventions.

Tels sont, à peu de choses près, les grands
et utiles avantages que les sciences perfectionnées ont procurés aux peuples modernes.
Examinons maintenant quels effets ont produit les lettres sur les peuples libres de l'antiquité; et, comparant entr'eux ces deux résultats, tâchons de voir clairement lequel fut
le plus utile des lettres aux anciens, ou des
sciences à nous, et par contre, lequel fut le
plus nuisible ou de leur ignorance dans les
sciences, ou de la nôtre dans les lettres.

Athènes, telle qu'elle fut avec ses qualités
sublimes et ses imperfections, Athènes qui

enfanta tout ce que peuvent entreprendre les
vertus politiques, qui vit naître dans son sein
la réunion si admirable de la civilisation et de
la liberté ; Athènes était en grande partie l'ouvrage de Solon. Et Solon n'était point un savant, mais un écrivain et un philosophe, bien
plus versé dans la connaissance du cœur humain que dans la science du mouvement
des corps. Combien Solon, dans une aussi
importante étude, n'aura-t-il pas été rede-
vable à Homère, ce profond scrutateur de
toutes les affections humaines, aussi habile à
en pénétrer les causes qu'à en décrire les
effets ? Socrate, Platon, Aristote, Sophocle,
Euripide, Démosthènes, Thucidide, Pindare
et tous ces illustres écrivains et philosophes
grecs, enfans de la vertu et de la liberté, ne
furent-ils pas dans tous les temps, pour tous
ceux qui surent lire et apprécier leurs écrits,
un puissant véhicule, une force irrésistible
qui contraignit à pratiquer, à aimer et à défendre la liberté et la vertu ? Tous les pro-
diges de la civilisation, toutes les généreuses
entreprises, tout fondement de félicité durable, toute grande supériorité d'un peuple
sur un autre ; tout cela, dis-je, n'a-t-il pas
toujours été le produit de la liberté et de la
vertu, et n'a-t-il pas toujours disparu à

l'aspect d'un esclavage et des vices qu'il impose à l'homme ?

Venons maintenant à Sparte, à cette Sparte qui, par la rudesse de sa vertu et l'âpreté de son courage, sut pendant si long-temps, au grand étonnement des Grecs eux-mêmes, recueillir les fruits de bonnes lois bien observées. N'était-elle pas née du génie de Lycurgue ? et Lycurgue, quelle autre science cultiva-t-il jamais que celle du cœur humain et de la justice ? Si par la suite, Sparte ne voulut plus souffrir de gens de lettres dans son sein, ce fut parce que de véritables gens de lettres devenaient inutiles dans un état où des lois austères excitaient les citoyens à la vertu, où c'était un plaisir que d'apprendre à la pratiquer avec une émulation surprenante. Quant aux écrivains vulgaires, comment auraient-ils pu vivre où la vraie vertu régnait sans partage ! Cependant les poëtes, dont la voix chantait la vertu et animait à la pratiquer, ou étaient nés à Sparte ou, s'ils étaient étrangers, y étaient bien accueillis ; témoin Tyrtée et ses chants mâles et guerriers. Sparte avait aussi ses orateurs dont l'éloquence était bien autrement nerveuse que celle des Athéniens ; car à des âmes fortes, il faut un langage plus fort et plus concis. Sparte à la vérité ne posséda point de ces prosateurs et de ces poëtes dont on tire plus d'agrément que d'utilité, etc. Dans une république bien constituée, non-seulement ils ne sont point nécessaires, mais ils sont plus capables de nuire que de servir, puisque sous un tel gouvernement, il n'est point de satisfaction au-dessus de celle que donne un travail constant et irréprochable; or, pour lire beaucoup, il faut beaucoup de loisir. Quant aux sciences, leurs noms mêmes furent inconnus aux Spartiates.

Si Rome ne fut pas supérieure à Athènes et à Sparte par ses institutions et par sa vertu, elle le fut au moins par la grandeur des événemens dont elle devint le théâtre. Rome reçut de Romulus, son fondateur, la force motrice qui l'entraîna vers la vertu militaire; elle dut à Numa ses vertus civiles et religieuses, et à Brutus sa gloire et sa liberté. Brutus, Numa et Romulus même étaient surtout de profonds observateurs, et ils excellaient à remuer le cœur et les passions des hommes : si, par conséquent, ils se fussent trouvés dans d'autres circonstances, ils auraient été de grands écrivains. Il n'est accordé qu'à un petit nombre d'hommes de pouvoir travailler au bonheur public et de l'assurer par la force de leur intelligence. Si parmi ceux-ci, il s'en trouve quelques-uns auxquels les circonstances qui les environnent aient refusé la possibilité d'agir eux-mêmes, leur plume enseigne aux autres ce qu'il ne leur est pas permis d'exécuter; ils étayent les vertus publiques si elles viennent à chanceler, ou bien ils déclarent au vice déjà triomphant et couronné une guerre de vérité qui le démasque, le combat avec avantage, et le renversé avec le temps. Voilà, selon moi, les vrais et les seuls écrivains; et plus leurs livres produisent de semblables effets, plus ils ont de véritable grandeur. Si actuellement je divise en deux classes, les auteurs agissans et les auteurs enseignans; ces mêmes hommes d'une ... cité surnaturelle pour en enflammer et ... diriger beaucoup d'autres, j'observe que Rome, dans la fleur et la force de sa liberté, compte beaucoup plus des premiers, tels que les Horace, les Scœvola, les Emile, les Attilius Régulus, les Scipion, les Décius, les Caton, tels enfin que tous ces Romains chez qui frémissait à l'envi l'amour brûlant de la vertu, de la gloire et de la liberté, étincelles sacrées qui toutes trois allument le génie des grands hommes, et surtout celui des grands écrivains. Mais Rome,

dans les premiers temps de sa décadence,
commença à abonder en auteurs enseignans,
à mesure qu'elle vit diminuer le nombre
des auteurs agissans ; cela devait être, puisque la naissance de la corruption ne rendait
pas moins indispensable la nécessité d'enseigner et de professer la vertu par ses paroles
et par ses écrits que par des exemples. De
là vient que parmi les anciens grands écrivains de Rome quelques-uns des plus illustres, comme Caton et Cicéron, réunirent
en eux les deux conditions sublimes du bien
dire et du bien faire. Mais le bien dire, comme
le bien faire, devenant de jour en jour plus
difficile et plus dangereux, les écrivains Romains, du temps d'Auguste et depuis cette époque, ressemblaient presque tous et en tout à nos
écrivains modernes qui ne savent point pratiquer la vertu, et qui n'osent faire entendre sa
voix. Ainsi donc le résultat des lettres perfectionnées et répandues parmi les monarchies
modernes, se borne à rendre les peuples habiles
dans tous les arts, excepté dans l'art le plus
libre, le plus sublime, le plus indispensable,
le plus sacré, l'exercice des droits de l'homme.
Quant aux anciennes et véritables lettres,
marchant sans obstacle vers leur unique but,
l'amélioration générale de l'espèce humaine,

elles étaient le noble partage des ancien peuples, aussi puissans et aussi illustres qu'ils
étaient libres et heureux.

En comparant ces peuples avec les nations
modernes, en les examinant selon leurs rapports et leurs différences, tant avec le bonheur
intérieur, la sûreté et la vertu, qu'avec la
dignité extérieure, la grandeur et la puissance, on sera insensiblement amené à comparer aussi la valeur, l'influence, l'importance
et l'utilité des sciences et des lettres. Il me
semble qu'après avoir mûrement pesé les
deux côtés de ce parallèle, on en viendra
à conclure hardiment que le vice des gouvernemens absolus n'est contraire ni aux
sciences, ni aux écrits qui en traitent, ni à
ceux qui lisent ces écrits, ni à ceux qui
les protègent; que même, pour parvenir
à leur perfection, elles ont besoin d'une
protection quelconque, quoique cette même
protection soit contraire à la création et à
l'invention des sciences, comme de tout ce
qui est utile; mais, du moins je l'espère, on
conclura aussi de ce parallèle, que pour
faire renaître les lettres, pour leur rendre
leur ancien éclat, et y ajouter même une
nouvelle splendeur, ce que je ne crois pas
impossible, la condition absolue est une li-

berté entière et un ardent amour de la vertu,
au moins parmi les écrivains, quand même
une tyrannie destructive et une insultante
protection ne parviendraient pas à s'opposer
entièrement à leur création et à leur naissance.
Mais la tyrannie et la protection opposent à
la perfection des lettres un obstacle tel, que la
perfection réelle de l'éloquence exige qu'elle
repousse loin d'elle la protection du prince,
comme capable de l'anéantir.

CHAPITRE V.

Des Chefs de Sectes religieuses ; des Saints et des Martyrs.

Il est une autre espèce d'hommes distingués qui sut presque toujours acquérir une grande réputation, et qui fut quelquefois utile au peuple en lui enseignant la vérité et la vertu : elle comprend les fondateurs de sectes religieuses, les saints et les martyrs, soit chrétiens, soit juifs, soit de toute autre religion. Que ceux-ci ayent écrit ou agi, je n'hésite point à les classer, comme profondément versés dans la science de l'homme, parmi les grands écrivains. Ceux de notre religion, nous étant particulièrement mieux connus, me prêtent de nombreux et de forts argumens à l'appui de ce que j'ai déjà dit tant de fois : que, sous quelque aspect que se présentent la vérité et la vertu, un gouvernement absolu leur est toujours contraire. Je ne parlerai des hommes dont je m'occupe en ce moment qu'autant que cela sera nécessaire à mon sujet ; car si je voulais m'en écarter, j'aurais trop de choses à dire.

Je remarquerai d'abord que Moïse, le plus

ancien des chefs de secte dont nous ayons connaissance, fut contraint de secouer le joug
du tyran d'Égypte avant de pouvoir donner
à son peuple des lois civiles et religieuses. Qui
ne voit que, pour former en corps de nation
libre ce peuple errant et flétri par un long
esclavage, il eut recours au voile sublime d'une
religion heureusement inspirée? Certes, jamais
Pharaon ne l'aurait encouragé à faire et à
écrire de telles choses.

Ainsi, Jésus-Christ, politiquement considéré comme homme, voulut de même, en
prêchant d'exemple la vérité et les vertus, au
moyen d'une meilleure religion, rendre à sa
nation, et en même temps à d'autres peuples,
une existence politique indépendante des Romains qui appesantissaient sur eux un joug
avilissant.

Ainsi Mahomet, en détruisant l'idolâtrie,
voulut sous l'apparence d'une religion plus
simple et plus pure, réunir en un seul peuple
des Barbares disséminés, ce à quoi il réussit
au-delà de toute croyance.

En ne les considérant que comme législateurs, Moïse, Jésus-Christ et Mahomet doivent donc être regardés comme de grands
écrivains, puisqu'ils étaient mus par cette
tendance intime qui les poussait vers leur

propre gloire et vers celle de l'humanité. Tels
furent aussi Confucius en Chine et Zoroastre
dans l'Inde, et, chez d'autres peuples, d'autres législateurs religieux dont les noms ne
sont pas parvenus jusqu'à nous.

Viennent ensuite nos saints qui furent écrivains, comme Paul, Augustin, Chrysostôme,
Jerôme, ou qui, par leur exemple et leurs
discours, enseignèrent la vertu, comme François, Dominique, Bernard, ou bien enfin ceux
qui, par l'héroïsme de leur mort, gravèrent en
traits de sang et de feu le souvenir resplendis-
sant de la magnanime fermeté de leur âme et
communiquèrent à leurs disciples l'insatiable
besoin d'imiter leur vertu, tels que Laurent,
Étienne, Barthélemy, et ces milliers de martyrs qui obéirent à cette même et irrésistible
impulsion dont sont tourmentés les véritables
écrivains, conduits, par des causes semblables,
à des résultats différens. Ceci a besoin d'expli-
cation. Ces derniers, tant qu'on les laissa agir
d'après eux, furent ardens, purs et sévères;
persécutés, ils devinrent plus éclairés, plus
forts, et, pour ainsi dire, plus grands qu'ils
ne l'étaient; mais à la fin quand on les accueil-
lit, quand la flatterie, la fortune, les emplois,
le pouvoir leur furent prodigués, l'amour du
bien se refroidit en eux; la vérité s'éloigna

de leur cœur, et sous le voile sacré d'une religion qu'eux-mêmes osèrent interpréter et trahir, ils ne furent plus que les honteux soutiens des faussetés morales et politiques.

Les temps modernes ont vu naître pour toutes sortes de religions une insouciance à laquelle le despotisme a contribué, comme il contribue à tout ce qu'il y a de funeste; c'est par suite de cette insouciance que nos saints, qui étaient véritablement de grands hommes, n'ont jamais été considérés comme grands. Cela vient, à ce qu'il me paraît, d'une certaine demi-philosophie généralement répandue dans ce siècle par quelques écrivains élégans, quelquefois même excellens sous le rapport du style, mais superficiels et erronés quant aux choses. En passant de mains en mains, leurs livres impriment, par leur séduisante facilité, une certaine force d'esprit à ceux qui n'en ont point par eux-mêmes, et augmentent celle des hommes qui n'en possèdent que peu. Quant à ceux que la nature a partagés le plus généreusement, s'ils n'avaient jamais lu d'autres livres, peut-être, ces livres auraient-ils été capables de les détourner de la vraie route. L'effet de cette demi-philosophie est d'empêcher d'approfondir les choses et d'avoir de l'homme une connaissance entière. C'est elle qui borne

la vue assez pour qu'on ne voie ni un grand
homme dans le saint, ni un saint dans le
grand homme. C'est elle encore qui veut
que l'on ne reconnaisse point dans les Scœvola et les Régulus des martyrs de la liberté,
ni dans la sublime ardeur des François, des
Étienne et des Ignace les mêmes âmes que
chez les Fabricius, les Scœvola et les Régulus,
modifiées seulement par la différence des
temps. Et tout cela, parce qu'on regarde les
plus modernes à travers des préjugés contraires aux anciens. On juge nos saints par les
effets qu'ils ont produits et non par l'impulsion qui les faisait agir et par cette force d'âme
dont ils étaient doués, bien que l'universalité
des hommes en tirât un moindre avantage que
de leurs devanciers.

Mais, de nos jours, les écrivains modernes,
qui ne louent, ni n'inspirent un enthousiasme
qu'ils ne partagent pas, donnent seulement de
froids éloges à ceux qui professèrent le culte
de la liberté, et vont souvent jusqu'à tourner
en ridicule les saints de notre religion. Ces
écrivains, au lieu de montrer et d'exposer la
véritable grandeur en la prenant par tout où
elle se trouve, ont une manière si faible de
l'indiquer, et encore plus faible de la louer,
qu'ils parviennent à la rabaisser et à la faire

totalement méconnaître. Mais puisque les plus
élégans d'entre eux, après s'être emparés d'une
arme aussi puissante que celle du ridicule,
ont cru que le meilleur moyen de corriger
les hommes était de les faire rire, il me semble
qu'ils auraient moins nui à leur réputation et
agi plus utilement, s'ils avaient dirigé surtout
leurs sarcasmes contre les despotes qui, certes, ont fait plus de mal à l'humanité que les
saints et les prêtres. Croire en Dieu n'a certainement jamais nui à aucun peuple, et plusieurs
s'en sont bien trouvés; cette croyance ne peut
rien diminuer de la vigueur des esprits forts,
et elle sert de soutien et de soulagement aux
esprits faibles. Mais la foi jurée au despotisme
a toujours éteint et éteindra toujours chez
tous les peuples la vraie vertu, le bonheur,
la renommée, les richesses et les lumières,
comme elle étouffera toujours, dans les individus, le courage, l'amour de la gloire,
la grandeur d'âme et la vertu.

La religion chrétienne même vient à l'appui de ce que je dis : bien qu'ennemie de la
gloire mondaine, on la voit, sinon exciter
à la liberté, au moins sympatiser avec elle,
avec la félicité des peuples, et avec une certaine grandeur nationale, dans tous les états
où elle a subi quelques modifications, ou

dans lesquels , pour mieux dire , elle a été rappelée à sa simplicité primitive. C'est ce que nous voyons en Suisse, en Hollande et en Angleterre : mais qu'on me montre la cour d'un prince véritablement absolu, fût-ce celle d'un Titus, d'un Trajan, d'un Marc-Aurèle, où il ait existé, je ne dis pas une liberté pleine et générale répandue sur un peuple magnanime, ce qui est impossible , mais un nombre considérable , même médiocre, d'individus libres, vertueux et courageux qui aient procuré un véritable avantage aux autres hommes, et jetté pour eux-mêmes les fondemens d'une éternelle renommée , en enseignant dans leurs écrits et par leurs discours la vérité et la vertu! Et comme , le plus souvent, les religions sont subordonnées aux gouvernemens et jamais les gouvernemens aux religions ; comme aussi le mal que celles-ci peuvent avoir fait n'a jamais été commis que sous l'influence du despotisme qui en était la cause, on doit nécessairement en conclure que dans tous les temps les despotes ont causé plus de maux à l'humanité que ne l'ont fait les prêtres. Dès lors, il est évident qu'une fois le gouvernement changé ou amélioré, on peut facilement changer ou améliorer les pratiques de la religion, extirper les abus dont elle est le prétexte, et la

concilier avec la vertu, la félicité publique
et la liberté.

S'il en est ainsi, pourquoi, demandera-t-on,
ces écrivains modernes, doués d'une mali-
cieuse élégance, dans le dessein d'être plus
utiles aux hommes et d'affermir les fondemens
de leur réputation, ne dirigent-ils pas plutôt
contre le despotisme que contre la religion
les traits puissans du ridicule? Pourquoi?
parce que les princes absolus ayant en main
la puissance on les redoute, tandis qu'on dédaigne les prêtres désarmés. C'est une lâcheté,
sans doute, et une lâcheté d'autant plus inex-
cusable qu'elle dégrade, à la fois, l'auteur,
l'ouvrage et le lecteur. Si la plume peut se
mesurer avec l'épée, si même elle finit par en
triompher, ce n'est jamais en se consacrant à
inspirer le rire qu'elle obtiendra un si noble
but; ce sera bien plutôt en excitant les hommes
à penser, en leur arrachant des larmes, en
les faisant frémir au nom de la gloire et au
besoin de la vengeance. Voilà par quel chemin ils arriveront à la connaissance de cette
vérité, que, lorsqu'une heureuse révolution
rend un peuple à la liberté, c'est dans le sang
et non dans la joie que les orateurs prennent
la couleur de leurs discours.

Mais voilà que, sans le vouloir, je me suis

éloigné de mon sujet. Je ne crois cependant pas m'en être tellement écarté que je ne puisse, par une transition facile, arriver à la conclusion de ce chapitre. J'ai dit que les chefs de secte et les prophètes que l'on doit considérer comme de grands poëtes , que les saints et les martyrs, ennemis nés et prononcés de toute puissance absolue, comme tous les hommes qui se sont voués à l'office sublime d'enseigner la vertu, ne pouvaient se soumettre à son joug sans altérer leur pureté et diminuer leur force. J'ajouterai que leurs actions, leurs paroles et la chaleur de leurs écrits rendent manifeste l'élévation de leur génie ennemi de toute oppression, à moins qu'ils ne veuillent eux-mêmes devenir oppresseurs. Ainsi de tels hommes, en ne les considérant que comme hommes, sont de toute manière au-dessus de leurs semblables et ont droit au respect, à l'admiration et aux hommages de ceux mêmes qui sont le moins religieux.

CHAPITRE VI.

De l'impulsion naturelle.

J'AI jusqu'ici énoncé les diverses espèces de grands hommes dont le nom est parvenu jusqu'à nous : littérateurs, savans, politiques, législateurs, artistes, conquérans, chefs de secte et saints ; j'y ai même compris les princes, quoique, lorsqu'ils sont despotes, ils ne puissent jamais être comptés parmi les grands hommes dont ils tendent à diminuer le nombre. Mais tous ceux que j'ai cités, je dis qu'ils n'ont jamais été grands, qu'ils n'ont jamais pu l'être, à quelque classe qu'ils aient appartenu, si, pour s'élever, ils n'ont pas eu pour base première l'impulsion naturelle.

Qu'est-ce que cette impulsion ? *une chaleur d'âme et d'esprit qui brûle par tout et sans cesse ; un insatiable besoin de gloire et de faire le bien ; une habitude de compter pour rien le bien déjà fait et pour beaucoup celui qui reste à faire, sans toutefois jamais se détourner du but qu'on se propose ; une volonté ferme, un désir ardent de monter au premier rang, ou si l'on ne peut être le premier, le bon esprit de savoir se ranger soi-même dans la foule.*

Plus la fin qu'on se propose sera grande, plus seront grands les moyens par lesquels on cherchera à y parvenir, et plus cette impulsion devra être grande et louable. Mais, de cet amour immodéré de fonder sa propre gloire, on ne peut, on ne doit jamais séparer l'amour du bien public. La récompense de cette utilité solidement établie par les faits, sera le sentiment intime de sa supériorité et les suffrages spontanés des hommes qui, seuls, constituent une vraie rénommée, et assurent la gloire de celui qui en est l'objet. J'oserai dire, de plus, que le germe de ces suffrages fermente déjà dans le cœur et dans l'âme de l'homme distingué qui en est véritablement digne ; mais l'opinion publique seule peut le développer et lui faire prendre son essor.

Rien n'est plus grand que cette divine impulsion, et sans elle aucun homme ne peut parvenir à une grandeur réelle. Mais aussi le nombre infiniment borné de tous ceux qui l'ont reçue en partage y parvient presque toujours. Cependant il arrive trop souvent que le temps, l'adversité et mille autres causes,

affaiblissent, détournent, dénaturent ou dé-
truisent cette impulsion. C'est une qualité innée
que rien ne donne, et que tout peut ravir.
Cultivée par la liberté, elle croît et s'étend,
mais l'esclavage et la crainte la réduisent au
silence. Voilà pourquoi les vraies républiques
ont vu se développer tant de grands hommes,
et les monarchies absolues un si petit
nombre, quoique dans leur sein il soit né
autant d'hommes capables de devenir grands;
c'est aussi par cette raison que les grands
hommes des républiques l'emportent de beaucoup sur ceux des monarchies, parce qu'ils
sont plus utiles; de là vient encore que les
hommes, presqu'égaux et semblables par leur
nature dans tous les pays, offrent des différences si remarquables dans la même nation
entre un siècle et un autre siècle; voilà, enfin,
pourquoi l'on voit de grandes vertus et de
magnifiques actions s'élever du sein d'un
peuple encore considéré comme barbare, et
qu'on n'en apperçoit jamais de pareilles dans
une nation jadis libre et policée, mais retom-
bée de nouveau sous les fers qui la tiennent en-
chaînée. La même impulsion naturelle qui
produisit un Scævola dans Rome naissante,
créa un Décius dans Rome au comble de la grandeur, un Marius dans Rome expirante, un

Jules César dans Rome abattue, et peut-être même un Sixte-Quint dans Rome ecclésiastique. Qui pourrait douter qu'en transposant les époques auxquelles ils ont vécu, César, avec cette ambition démesurée qui le poussait à s'élever au-dessus de tout, étant né dans les premiers temps de la liberté et ne pouvant s'emparer de la puissance, n'eût voulu, comme Scœvola, devenir le premier par ses vertus? et que Scœvola, né au temps de César et voyant la vertu inutile et délaissée, n'eût cherché aussi la grandeur et la renommée dans l'usurpation du pouvoir?

Mais comme, de tous les genres de grandeur dont les hommes sont susceptibles, je m'occupe surtout de celle qui naît des lettres, je vais faire voir quelle influence cette impulsion naturelle a sur elles quand un écrivain l'a reçue de la nature. Les lettres ont un rare et précieux avantage sur tous les autres genres de grandeur; l'homme que cette impulsion anime réellement peut, s'il s'en apperçoit à temps, se soustraire aux insultes et aux dommages qu'il peut avoir à redouter, soit de l'autorité et de la protection des autres, soit de lui-même, pour assurer son repos et éviter le besoin et la crainte; ainsi, il pourra sans aucun secours étranger devenir plus grand et meilleur. L'art divin d'exprimer sa pensée est incontestablement, ainsi que je l'ai déjà dit dans mon second livre, le plus indépendant et le plus vertueux de tous les arts, puisque ce n'est que pour le vice qu'il peut être redoutable; il est enfin le plus utile, puisqu'il a pour but nécessaire la convenance générale. Ainsi, par exemple, pour que Junius Brutus fût grand, il fallut la tyrannie des Tarquins, le déshonneur de Lucrèce, le juste désespoir de Collatin, la fureur des citoyens, le sang versé dans le Forum et dans les campagnes, et enfin la mort des enfans mêmes de Brutus, événemens lamentables et long-temps douloureux avant qu'il en résultât aucun bien: mais la gloire d'Homère! il ne fallut qu'Homère pour la fonder; elle naquit de son impulsion naturelle.

Le premier soin de quiconque veut être écrivain est donc d'apprendre à reconnaître en soi cette impulsion sublime, et, dès qu'il l'aura reconnue, à la diriger. Ayant ainsi apprécié ses propres moyens et senti en lui les preuves certaines d'une telle impulsion, il doit avoir la ferme conviction qu'il peut se suffire à lui-même, que toute protection doit lui nuire et qu'aucune ne peut tourner à son profit.

14

Mais à quoi celui qui veut écrire reconnaî-
tra-t-il s'il possède ou non cette impulsion ?
aux symptômes suivans : si en lisant les plus sublimes pages des plus grands écrivains il ne
ressent qu'une simple émotion et qu'un plaisir intérieur, il est comme tous ceux qui ne
sont pas absolument dénués d'intelligence ; s'il
s'y joint de l'admiration, il s'élève un peu au-
dessus d'eux, sans égaler toutefois l'écrivain qu'il tient entre ses mains et le sujet
qu'il traite ; il est né seulement pour lire et
penser d'après lui-même : mais si, au lieu d'une
stérile admiration, une telle lecture lui en-
flamme le cœur et y lance un trait imprévu,
s'il sent frémir un dédain généreux et magnanime, étranger à l'envie, mais fils d'une sou-
daine émulation, qu'il ferme le livre ; qu'il
devienne libre s'il ne l'est point encore, il
mérite de l'être ; qu'il écrive et qu'il n'imite
point, il sera grand et servira de modèle.
Cette noble fureur ne peut naître que d'une
conviction forte et intime de ses propres forces
qu'une étincelle fait jaillir hors de l'âme où
elles étaient contenues ; sublime et divine
fièvre ! lorsqu'elle agite le cœur et l'esprit, elle
seule peut enfanter ce qui est vraiment beau,
ce qui est vraiment grand ; c'est cette ardeur
qui pénétre et remplit tout Alexandre au seul

nom d'Achille ; c'est elle qui brûle le cœur de César au seul nom d'Alexandre ; c'est elle qui transportait Thémistocles à la vue des trophées de Miltiades ; c'est elle qui allume le génie de Cicéron aux œuvres de Démosthènes : tel est le saint enthousiasme qui par la seule vue des choses sublimes fait tressaillir ceux qui peuvent à leur tour en produire de grandes.

Il n'est point de protection au monde qui ne doive rabaisser des âmes aussi hautes, car cette protection ne saurait venir que d'hommes placés loin au-dessous d'elles. Nulle faveur ne leur est nécessaire, parce qu'il n'est point de faveur qui puisse enflammer le génie plus que sa propre impulsion ; les premiers pas faits, peu d'obstacles pourront les arrêter, parce que la force qui les pousse est plus puissante que toutes les forces qui voudraient les retenir.

Tel qu'il est, ce livre pourra peut-être convenir au nombre infiniment borné de ces âmes fortes ; on y apprend à connaître, à juger et à apprécier les autres et soi-même.

CHAPITRE VII.

De l'impulsion artificielle.

MAIS cet autre lecteur que j'ai fait inter-
venir plus haut, qui n'éprouve que de la satisfaction, à la lecture des ouvrages sublimes,
et qui n'en retire aucun mouvement de dédain ? il se refuse le plus souvent à se connaître et à s'apprécier à sa juste valeur, et,
croyant avoir les forces qu'il désire , il se des-
tine à la sublime culture des lettres. De ce
moment, il lit et relit sans cesse; il apprend
plusieurs langues et en apprécie les beautés;
il se fait un trésor de toutes les connaissances;
il essaie tous les genres, veut exceller dans
tous et n'est le premier dans aucun ; cependant, à force de chercher dans les livres
ce que son génie et ses propres facultés lui
refusent, il parvient enfin à s'entourer de
quelques lumières et il brille comme ces satellites qui reçoivent tout leur éclat de l'astre
auquel ils servent de cortége. Un tel auteur
qui croit être utile et agréable aux autres en
raison de la peine qu'il se donne , a ordinairement plus de prétention et plus d'orgueil

qu'un grand écrivain dans sa simplicité. Voici
la différence qui existe entre ces deux hommes :
le grand écrivain ressent pour lui-même une
estime en quelque sorte involontaire ; c'est
bien plus quand il compose que quand il parle
de ses œuvres ou qu'il les relit, qu'il a de lui
une haute opinion : l'écrivain médiocre, en
affectant sans cesse une haute idée de son mérite, cherche à se faire illusion et à faire partager aux autres une aussi séduisante erreur.
Le monde, dans la légéreté de ses jugemens,
préfère ces écrivains à ceux qui sont vraiment
grands ; ce sont ceux-là qui sont protégés, et
en effet ils sont dignes de l'être ; ils ne sont
sûrement pas dépourvus de tout mérite ; mais
ce mérite consiste toujours dans l'imitation et
ne décéle aucun trait de génie. Or la plus
grande partie des hommes étant composée de
ceux qui lisent, et ces lecteurs n'ayant, comme
la plupart des auteurs, surtout des auteurs
modernes, aucun sentiment inné, et qu'une
impulsion faible et artificielle, on confond
souvent, pendant quelque temps, la réputation qui s'acquiert dé ces deux manières, et il
n'est pas rare que l'auteur superficiel l'emporte sur l'écrivain profond ; ainsi il arrive
souvent de rencontrer des gens de lettres qui
préfèrent Tite-Live à Tacite. Tous ceux qui,

d'une manière quelconque, exercent ou reçoivent une protection, et tous les individus enfin qui ne sentent que faiblement, se servent d'échos réciproques toutes les fois qu'il s'agit de porter aux nues une médiocrité qui ne saurait porter ombrage à celle dont ils se targuent eux-mêmes.

Pour reconnaître laquelle de ces deux impulsions a agi sur un écrivain, il suffit souvent, sans même lire son livre, de savoir ce qu'il fut, dans quelles circonstances, dans quel lieu et dans quel temps il écrivit. Était-il né libre, ou avait-il su le devenir; était-il hors de toute protection, indépendant, dans l'aisance, d'un esprit élevé, de mœurs nobles et irréprochables; tout porte à croire que ce fut son impulsion naturelle qui le porta à écrire. Était-il, au contraire né dans le besoin et dans la dépendance, c'est-à-dire, politiquement et civilement assujetti; était-il protégé, encouragé, dirigé; il est permis de penser que, de deux choses l'une, ou il n'aura cédé qu'à une impulsion artificielle, ou bien il aura altéré, affaibli et à peine conservé son impulsion naturelle dans le petit nombre des passages où tous ces obstacles ne l'auront pas empêché d' s'y livrer et de lui obéir. Mais, parmi ces derniers écrivains, si toutefois il s'en trouve qui méritent d'être considérés comme grands, ils sont plus à plaindre pour ce qu'ils ont perdu qu'à louer pour le faux avantage qu'on peut retirer de leurs ouvrages.

Ainsi, dans notre siècle et avec nos gouvernemens, pour se faire une idée des lumières philosophiques et des vérités que peut contenir un nouveau livre, il suffira de jetter les yeux sur l'indication du lieu où il a été imprimé. Je ne dis pas pour cela que tous les ouvrages, ni même une grande partie, soient bons, là où l'on peut en imprimer de bons; mais j'ose assurer que dans tous les lieux où, comme dans les deux tiers et demi de l'Europe, on ne peut imprimer tous les bons livres, il ne saurait en paraître de bons.

La différence qui existe entre les métaux, je la retrouve entre ces deux impulsions, naturelle et artificielle. A force d'entasser des pièces d'argent et de cuivre, on parvient à réunir une somme dont la valeur égale celle d'un peu d'or; mais non jamais cependant de telle manière qu'on ne préfère une parcelle de ce précieux métal à un tas pesant et nombreux de petites monnaies. Ainsi l'on ne peut jamais comparer l'effet produit par la vive clarté d'une vérité énergique, sortie de la plume d'un auteur libre et entraîné par son impulsion naturelle, à celui d'une vérité mollement articulée, affaiblie, enveloppée dans de tortueuses circonlocutions, et confondue dans une foule d'erreurs par la plume asservie d'un écrivain timide. Il est plutôt traîné que poussé par son impulsion artificielle.

Pour se convaincre de cette vérité par des exemples, que l'on compare Racine, dans les endroits où il ne parle pas de l'amour, cette seule passion exaltée par les gouvernemens modernes, et la seule aussi dont se sont à peine occupés les anciens; qu'on le compare, dis-je, aux tragiques grecs, là où il ne parle pas d'amour et où il ne traduit pas les auteurs grecs, je crois que l'on sera pleinement convaincu que ces anciens auteurs, excités par leur impulsion naturelle sans aucun autre véhicule que le désir d'obtenir des suffrages, sans autre modèle que la nature, inventaient et écrivaient pour enseigner la vertu, la vérité et la liberté, à un peuple libre, qu'ils amusaient en même temps; au lieu que le tragique français, poussé par une impulsion artificielle, recherchant la protection et l'approbation d'un prince, imitait et tremblait en écrivant; et dès-lors afin d'amuser, sans le choquer, un peuple soumis et énervé, il recouvrait du voile efféminé de l'amour les traits vifs et sublimes de la hardiesse an-

tique; par là il s'avouait lui-même inférieur a
ses modèles, non seulement à cause de la diversité des circonstances, mais surtout par suite
de sa propre disposition et de son impulsion.

L'impulsion artificielle est donc un des faux-
brillans inhérens au pouvoir absolu, et les
demi-sentimens cherchent, en s'étendant, à
étouffer les sentimens entiers et généreux.
Mais l'impulsion naturelle, ce don du ciel,
rend, par de grands exemples, les hommes
encore plus dignes de la liberté dans les républiques où elle est encouragée; ou bien
dans les monarchies, quoiqu'elle puisse rarement y prendre son essor, elle s'élance comme
un torrent pour renverser tous les obstacles,
et dissipe par sa vive lumière les plus pro-
fondes ténèbres; ces obstacles ne serviront qu'à
rehausser la gloire de l'écrivain que cette impulsion dirige, et aussi à donner de plus grands
avantages aux infortunés qui rampent et servent comme lui sous le pouvoir, en leur enseignant la vérité et leur révélant leurs droits.
Ainsi, faute de pouvoir faire plus, un tel écrivain les préparera du moins à recevoir du
temps, ce grand réparateur de toutes choses,
l'amour de la vertu, la grandeur et la liberté,
soit qu'ils l'aient déjà possédée, soit qu'elle
leur ait été toujours inconnue.

CHAPITRE VIII.

Comment et par qui les véritables Lettres peuvent être cultivées sous une Monarchie absolue.

Il n'y a pas de doute que ce ne soit l'ignorance absolue de ses droits et de ses moyens qui prolonge l'asservissement d'un peuple; et cet asservissement se fait plus ou moins sentir selon que son ignorance a plus ou moins de durée. Ainsi la connaissance entière de ses droits et de ses moyens produisant dans un homme l'effet contraire à celui qui résulte de son ignorance, cette connaissance doit nécessairement devenir la cause et l'appui de toute liberté durable.

Chez un peuple libre on ose penser, dire et écrire, tout ce qui n'est point contraire aux mœurs; chez un peuple esclave, au contraire, il n'est rien que l'on puisse impunément attaquer, si ce n'est la pureté des mœurs. Si les lettres ne doivent avoir d'autre but que d'exciter à la vertu et de conduire à la vérité, ce que j'ai dit plus haut aura suffisamment prouvé qu'elles sont, ou l'effet d'une liberté établie, ou l'indice d'une liberté naissante, toutes les fois qu'elles n'auront point trahi la sainteté de leur devoir. Ainsi, dans une république, les lettres pouvant être tout ce qu'elles doivent être, il semble que tout citoyen libre peut les cultiver sans les abaisser ni les dénaturer, pourvu, cependant, qu'il ait reçu en naissant l'intelligence nécessaire. Mais sous une monarchie absolue où les véritables lettres doivent être et devenir une cause de liberté et de vertu, il semble que ceux-là seuls qui sont le moins assujettis doivent se livrer à leur culture. Or, dans un gouvernement absolu, les hommes les moins assujettis, soit que cela vienne d'une certaine indépendance que procure la fortune, soit parce qu'ils ont reçu une éducation moins négligée que ne l'exige un tel ordre de choses, soit encore que ce soit le fruit d'une certaine élévation pour ainsi dire innée, soit enfin qu'ils aient contracté, dans le métier des armes, l'habitude d'une fierté et d'un courage, souvent mal employé, mais réel, il semble, dis-je, que dans un gouvernement absolu, ces hommes doivent se trouver parmi les nobles qui ne se sont point avilis dans les cours. Si ce n'est point parmi ceux-ci qu'il s'en trouve, à eux en est la faute. En m'adressant à eux, si je

ne les crois point faits pour abaisser les lettres,
parce qu'ils n'ont pas besoin de le faire, je
m'adresse aussi à tout individu qui, sans être
né dans une classe privilégiée, jouit des mêmes
avantages et pense comme devraient penser
les nobles. Puisque les nobles, les riches et
les indépendans, sont intermédiaires entre le
peuple et le monarque absolu dont jusqu'à ce
moment ils n'ont que trop servi à seconder
la puissance, ils peuvent aujourd'hui, avec la
connaissance de sa faiblesse et de sa nullité,
qu'ils doivent avoir acquise, la révéler et la
communiquer au peuple. Ayant appris à connaître et à respecter les droits du peuple, ils
peuvent les lui enseigner et les montrer en
même temps au prince. Mais ils ne le font
point, parce que la plupart d'entr'eux, fa-
çonnés à l'asservissement des cours, sont incapables, au milieu des erreurs et des préjugés qui les environnent, de fixer les yeux
sur les véritables lumières que répandent les
lettres, bien qu'ils paraissent, ou veuillent
paraître instruits et éclairés. S'ils l'étaient en
effet, quel que soit le joug que leur impose
leur orgueil, ils préféreraient devenir dans un
état libre ce qu'étaient aux plus beaux temps
de Rome les patriciens et les sénateurs, ce que
doivent être aujourd'hui les pairs d'Angle-

terre, aux honneurs serviles que reçoivent
d'un maître absolu les chambellans, les capitaines des chasses, les majordômes, les ambas-
sadeurs et les sénéchaux. Et cependant les
nobles, les riches et les indépendans, tels
qu'ils sont, ont plus de lumières que le peuple,
parce qu'ils ont le loisir et les moyens nécessaires pour lire, parler, voyager, voir, et
parconséquent pour penser un peu.

Je voudrais donc que le nombre si peu
considérable de ceux qui, à travers d'épaisses
ténèbres, aperçoivent un rayon de vérité,
renonçassent volontairement à toute espèce
d'emploi, parce qu'il n'y en a point qui soient
honorables, alors qu'un seul homme en dis-
pose. Je voudrais surtout qu'ils renonçassent
au métier des armes : autant il est beau d'exposer sa vie quand on a une patrie à défendre,
autant il est honteux et ridicule de se battre
pour un individu, c'est-à-dire, contre soi-
même et contre ses semblables. Après s'être
ainsi purifiés de la double tache originelle
d'être né noble et non citoyen, je voudrais
qu'ils se consacrassent uniquement à la culture des lettres, puisqu'elles seules offrent à
l'homme un moyen sûr et honorable de se
recréer une patrie ; ils pourraient ensuite la
défendre avec leurs armes et leur sang, d'au-

tant plus glorieusement qu'elle serait leur
ouvrage. Le plus franc chevalier, vivant dans
une monarchie, à moins qu'il ne soit entièrement stupide, ne peut se dissimuler que,
sous un tel gouvernement, il faut plus de
courage pour tenir la plume que pour porter
l'épée. Voilà pourquoi je voudrais que, dans
le petit nombre des nobles instruits, ceux,
infiniment rares, qui n'obéissent qu'à une impulsion naturelle, se dévouassent à être les
Décius de leur république naissante, et que,
s'expatriant pour chercher une terre libre, ils
sacrifiassent tous les biens présens au bonheur
futur de leur patrie. Ayant ainsi recouvré le
libre exercice de leur plume et de leur intelligence, je voudrais enfin qu'ils déclarassent
au despotisme, à l'injustice et à l'arbitraire,
une guerre tellement soutenue que par la
suite il leur fût possible d'éclairer de leur
lumière divine des nations entières.

La noblesse de leur origine donnerait du
poids et une grande force à leurs raisonnemens. Ayant eu la possibilité d'obtenir les
honteuses faveurs des cours, dont j'ai parlé
plus haut, après les avoir méprisées et en
avoir apprécié et fait connaître le dispensa-
teur, on ne pourrait donner l'envie pour
motif à leurs mâles accens : l'envie toujours

vile, toujours incapable de produire de grands résultats, toujours indigne de proclamer de hautes vérités, les déprécie et les profane en osant les annoncer.

Pendant que, expatrié et retiré dans un lieu de refuge, ce petit nombre d'écrivains intacts, du fond d'un exil aussi noble que volontaire, fera retentir la voix de la vérité, une petite république formée des autres littérateurs qui lisent et qui pensent, mais qui n'écrivent point, pourra jouir de quelque sécurité sous la main du gouvernement, puisque tout l'effort de la puissance sera resserré dans une action négative. Ceux-ci, grâce à leurs richesses, à l'éclat de leur nom et au lustre de leur naissance, brillent assez par eux-mêmes dans un gouvernement absolu, sans avoir besoin de l'appui du prince : d'où l'on peut dire que le prince, quoique maître de l'opinion, ne peut leur imprimer une bassesse qu'ils n'ont point, ni les opprimer ou les tourmenter, parce qu'ils seraient en nombre suffisant pour contrebalancer l'influence des êtres vraiment dégradés, c'est-à-dire, des nobles qui se sont faits valets des princes. Cette petite république dans le gouvernement, d'abord modeste et discrète, lit, raisonne, pense dans son sein et se tient éloignée du profane vulgaire.

Chaque fois qu'elle donne naissance à un homme vraiment grand, elle l'éloigne du royaume pour que, dans des écrits éloquens, énergiques et élégans, il puisse ne point mettre de réticences à l'enseignement de la vérité. Les autres continuent à vivre presque libres dans le sein de leur servitude natale. Honorés de la haine et du mépris apparent du prince, ils n'en sont que plus respectés des bons citoyens et du peuple, et aussi parce qu'ils se montrent humains, populaires et irréprochables dans leurs mœurs. Ils courent sans cesse quelque danger, mais ils portent une âme élevée; et, les grands exemples qu'ils puisent dans les livres augmentent et rectifient chaque jour en eux cette noble et juste ardeur dont les principes innés, mais mal dirigés, les poussaient, ainsi que leurs ancêtres, à exposer incessamment leur vie et leur fortune pour la cause du prince. Quoique la colère de celui-ci soit terrible, effrénée, sans mesure, elle est toujours impuissante à leur égard, puisqu'ils ne veulent rien de lui : que pourraient-ils en redouter dès lors qu'ils n'enfreignent aucune de ses lois, quelles qu'elles soient? Il ne peut exister de loi qui prohibe expressément la justesse de la pensée, et qui contraigne tous les individus à être serviteurs du souverain.

Aucun prince n'a jamais eu non plus l'effron-
terie de punir celui qui ne trouble en rien
cette léthargie universelle, que l'on désigne
dans les monarchies sous le nom de repos public. Ils n'en persécutent pas moins en dessous
ceux qui lisent et ceux qui pensent; mais
quand on n'a pas l'imprudence de penser
devant leurs gens, on peut être à-peu-près
tranquille. Ils poursuivent, tant qu'ils le peuvent, les bons livres; mais il en échappe
beaucoup à leurs perquisitions, et tous ne sont
pas défendus. Parmi ceux-ci, ainsi que je l'ai
déjà observé, Tacite seul, bien médité, étu-
dié et commenté avec un petit nombre
d'hommes, et l'attention de se tenir éloigné
des regards du prince (éloignement qui, pour
la propagation des lumières chez les nobles,
est le plus instructif de tous les livres), Tacite
seul, dis je, est plus que suffisant pour nourrir
l'âme d'une société particulière, composée de
penseurs justes et profonds. Une telle société
se propageant peu à peu par d'invincibles
progrès, doit devenir, à la longue, la des-
tructrice victorieuse et légitime de tout pouvoir arbitraire. A l'exemple continuel d'indépendance et de vertu que donneraient ces
nobles lettrés, se joindraient de temps en
temps le puissant renfort de quelques écrits

excellens et pleins de chaleur que leur enverraient ceux qui se seraient volontairement exilés d'une terre soumise; et cet adage, que tout a été dit jusqu'à ce jour, pourrait bien être démenti par des écrivains animés d'une noble et sainte colère contre la servitude dans laquelle ils sont nés, si surtout ils étaient soutenus et encouragés par l'aspect d'une liberté qu'ils aient l'espérance d'atteindre. Ou ceux-ci diront plus que ce qui a déjà été dit, ou bien ils le reproduiront d'une manière nouvelle; ils le diront même avec élégance, parce que cette qualité leur sera restée de leur ancienne soumission; de plus, ils seront forts, libres et vrais, puisque d'esclaves qu'ils étaient ils ont eu le courage de se faire hommes et citoyens; ils seront enfin des écrivains sublimes, puisqu'une impulsion sublime et naturelle les a seule poussés à se faire écrivains.

De là un poëte vraiment épique, qui voudra décrire dans de beaux vers une entreprise vraiment sublime, n'hésitera pas à chanter Rome délivrée par Brutus, plutôt que Jérusalem délivrée par Godefroi. Par un tel choix, il vengerait d'abord l'honneur de son art outragé; car, parmi les grands poëtes épiques, il n'en est point qui, jusqu'à présent, ait puisé son

sujet chez des peuples libres ; on en exceptera
seulement Homère , si l'on veut considérer
comme libres cette multitude de peuplades
grecques spontanément réunies. Mais si au lieu
d'Agamemnon, un citoyen tel que Scipion ,
était l'âme et le héros d'un poëme , combien
n'y aurait-il pas plus de grandeur ? Une telle
œuvre surpasserait autant toutes les autres ,
que le peuple romain s'élève au-dessus de
toutes les nations. Scipion , chanté par la
muse grossière d'Ennius , dans une langue encore imparfaite , a été oublié, tandis que les
magnifiques accens de Virgile ont attaché au
nom d'Auguste une immortalité dont Scipion
seul était digne. Et toutefois, observez que
dans l'Énéide, Auguste, quoiqu'il le paraisse,
n'est ni ne pouvait être le héros du poëme.
Scipion , au contraire, par le seul ascendant
de sa vertu, pouvait enflammer le génie d'un
poëte épique et lui offrir à lui seul le motif de
leur double renommée. Le mot *Épique* me
semble inséparable de l'idée de héros, de
hautes entreprises, et de grands résultats con-
çus et décrits avec grandeur; où tout cela ne
se trouve point, il n'y a plus rien d'épique.
Ainsi , un poëte épique moderne, s'il est libre,
au lieu de faire entrer dans son livre les
louanges épisodiques d'Auguste, ou de tout

autre prince moins puissant, y gravera l'éloge des véritables héros et des citoyens illustres des temps passés ; il évitera, le plus possible, de parler des vivans, dans la crainte de compromettre ensemble leur gloire et la sienne. Un poème de cette nature serait plus utile qu'aucune histoire, puisqu'il n'enseignera rien de moins et amusera davantage ; et les hommes aiment toujours l'utilité à laquelle il se joint le plus d'agrément.

Ainsi les auteurs tragiques pourront rendre à Melpomène son antique splendeur ; ainsi ils pourront faire parler les grandes passions, et en éveiller de nouvelles bien autrement généreuses que celles qui résultent des molles langueurs d'un amour efféminé.

Ainsi la comédie prendra à tâche de poursuivre avec les traits du ridicule les vices les plus dangereux ; ainsi elle puisera ses sujets à la cour des princes, parmi les singes de leurs actions, et ils ne seront pas d'un intérêt moindre que ceux qui nous rappellent les mœurs privées des citoyens obscurs. Ces tragédies et ces comédies ne seront pas représentées dans une monarchie absolue : qu'importe ? elles y pénétreront furtivement et trouveront d'autant plus de lecteurs qu'on aura pris de soin pour les intercepter ; elles seront en quelque sorte publiées et affichées par cette réunion républicaine de nobles dévoués aux Lettres, en attendant le jour où il sera possible de les réciter en plein théâtre. Et ce jour viendra, parce que ce qui a déjà été doit être encore. Quelle ne sera point alors la gloire des auteurs qui auront su dédaigner le faux éclat d'une gloire immédiate, qui auront préféré d'écrire pour des hommes libres, bien qu'ils ne fussent point encore nés, à la honte de dégrader leur art en le consacrant aux plaisirs de ces avortons au milieu desquels ils ont reçu la naissance !

Ainsi la satire n'attaquera plus les vices privés, et à plus forte raison ne désignera plus les individus qui y sont enclins, puisque jamais le nom d'un être vicieux ne doit souiller la plume d'un écrivain sublime ; mais elle tonnera de toutes ses foudres, afin seulement de démasquer, d'atteindre, d'abattre et d'anéantir les vices publics, source impure d'où découlent tous les vices privés.

Ainsi les orateurs ne donneront plus qu'à la vertu les éloges qu'ils prodiguent à la puissance ; ils auront moins pour but de conseiller aux princes la justice et la clémence, que d'enseigner aux peuples à baser l'une sur la stabilité des lois et à savoir se passer de l'autre ; ils

ne chercheront plus, par des paroles am-
poulées et d'insidieux raisonnemens, à persuader aux hommes que la vertu consiste
à savoir s'accommoder aux temps ; mais ils
leur diront que la vertu est immuable, et
que c'est elle qui doit soumettre le temps à
son empire.

Ainsi les livres d'histoire, dont il n'y aura
alors qu'un petit nombre, ne contiendront
que les fastes des nations qui en seront dignes,
de celles qui pourront servir de modèle aux
peuples modernes et les exciter à mériter
aussi qu'on écrive un jour leur histoire. On
n'y verra point de vains récits de batailles, de
nomenclature de princes dont le nom même
ne mérite pas d'être relaté, de détails puérils
sur des intrigues de cours, sur des anecdotes
scandaleuses et insipides. L'histoire montrera la
lutte victorieuse d'un petit nombre d'hommes
libres contre une armée innombrable d'esclaves, les utiles discussions du peuple avec
la noblesse, la tyrannie abattue et les tyrans
punis, les beaux exemples de courage, d'a-
mour de la patrie, de mépris des richesses et
de la plus sévère intégrité dans l'exercice des
droits politiques ; les belles harangues des magistrats au peuple et des généraux libres à des
soldats indépendans : telle sera l'histoire, et

celui qui l'aura écrite méritera vraiment le nom d'historien.

Ainsi la poésie lyrique, non contente de chanter l'amour, s'élevera jusqu'à célébrer le courage et la vertu. On entendra alors des hymnes d'une telle force et pénétrées d'une si vive flamme, qu'elles transformeront les esclaves en citoyens et les feront courir aux armes pour se créer une patrie et pour la défendre. On entendra des odes et des chants d'un style si élevé, qu'ils seront plus durables que le marbre et le bronze pour éterniser le souvenir des guerriers morts pour leur patrie; et de tels honneurs, consacrés dans des poésies impérissables, récompenseront plus noblement ceux qui auront bien mérité de cette patrie, que les fragiles et honteux honneurs, que ces richesses corruptrices dont les princes ont l'habitude de payer les services de ceux qui l'ont opprimée.

Ainsi, les philosophes, de quelque genre qu'ils soient et à quelque secte qu'ils appartiennent, écrivant librement, et n'ayant pas besoin de voiler la vérité, ou ce qu'il croiront vrai, pourront, même s'ils sont dans l'erreur, ne pas demeurer inutiles. Quelle vérité, morale ou physique, est jamais née ou pourra jamais naître, si elle n'a été conçue au

milieu de nombreuses erreurs ! Quant à l'erreur, il n'en a point existé et il n'en existera
pas qui puisse être plus fatale aux hommes,
vivant en société, que celle qui consiste à ne
pas chercher la vérité, à entraver par des
obstacles ceux qui la poursuivent, et à récompenser ceux qui la cachent ou la dénaturent.

Voilà donc ce que pourront être les lettres
dans les temps modernes, lorsqu'elles seront
cultivées sur une terre libre par des esprits
indépendans ; lorsqu'elles seront méditées,
recueillies et propagées tacitement par des
hommes amis de cette indépendance, quoique courbés sous un joug absolu. Il est facile
de montrer le but sublime que les lettres,
ainsi cultivées et ainsi répandues, atteindront
avec le temps ; elles amèneront sans aucun
doute, et peut-être avant peu, la connaissance entière et la pratique des véritables
vertus politiques; or, qui dit *vertu politique*,
dit *liberté*.

CHAPITRE IX.

Quel serait un siècle littéraire également exempt de la protection et des persécutions des Princes, où le nom même d'aucun d'eux n'aurait eu d'influence ?

QUELLE grande et singulière gloire ce fut pour la Grèce, que sa plus belle époque littéraire ait été appellée le *siècle d'Athènes*, et non pas le siècle de Pisistrate, d'Alexandre, ni même de Périclès ; quoique la lâche complaisance de la littérature moderne ait voulu rabaisser Athènes à son niveau en désignant ce siècle par le nom de ce souverain ! C'est indubitablement à cela seul qu'il faut attribuer la perfection des lettres grecques et le nombre des utiles vérités morales et politiques, mises au grand jour par les écrivains d'Athènes et répandues ensuite par tout le monde.

Par quelle raison les trois autres siècles littéraires, au lieu d'être nommés siècles de Rome, de Florence et de Paris, ont-ils été appelés siècles d'Auguste, de Léon X et de Louis XIV ? Parce que les écrivains de ces

trois siècles ont plus écrit pour ces princes
que pour leur patrie. On me dira peut-être
que les lettres n'auraient pas prospéré à Rome,
si elles n'y avaient été protégées par Auguste.
Mais je supplie le lecteur de peser la valeur
de ces mots : *les lettres protégées par Auguste ;*
c'est-à-dire, par celui dont l'horrible ingra-
titude et l'insigne perfidie vendit à Antoine la
tête du premier des écrivains philosophes
qu'ait produits Rome, du grand Cicéron. On
peut juger de ce que devaient être les lettres
sous un tel protecteur. Quel écrivain d'un
génie véritablement élevé aurait jamais pu
consentir à se laisser protéger par l'assassin
de Cicéron? Mais en voulant se soustraire à
cette insultante protection, comment aurait-
il pu fuir sa tyrannique persécution? en se
tenant toujours éloigné d'Auguste et des courtisans flatteurs qui lui servaient de cortége.

Le perfectionnement des lettres ne fut donc
d'aucun avantage aux peuples latins, puisque
ce fut Auguste qui commença à les avilir et
qui hâta la décadence des mœurs et des vertus
les plus sublimes.

Me dira-t-on aussi qu'en Italie les lettres
ne se seraient point régénérées sans l'appui
des Médicis? Le Dante, Pétrarque, Boccace qui
leur étaient antérieurs, et qui sans leurs se-

cours avaient porté la langue italienne au plus
haut degré de force et d'harmonie, s'élèveront
pour prouver le contraire. Ajoutera-t-on que
sans les Médicis, la langue latine se serait
perdue entièrement et que la connaissance
du grec n'eût point pénétré en Italie ? Je
pourrais le nier sans doute ; mais je veux
admettre cette supposition et convenir que
c'aurait été une grande perte pour l'Italie.
Cependant, de ce haut degré de splendeur
des lettres grecques, latines et italiennes,
quelle amélioration, quelle vertu, quelle civilisation, quelle liberté, quelle grandeur,
quelle félicité, quelle richesse nationale,
quelle élévation de pensées en est-il résulté
pour les Italiens des temps postérieurs ? aucune, que je sache. Avant la tyrannie des
Médicis, la république de Florence était peu
de choses : après, elle ne fut plus rien, et
c'est ce qui arriva dans tout le reste de l'Italie.
Un homme vraiment digne du beau titre d'é-
crivain pourra-t-il jamais compter, parmi les
véritables protecteurs des lettres, des princes
sous qui Machiavel fut méconnu et Galilée
proscrit, persécuté ?

Je ne dirai rien de Louis XIV, ce fut lui
qui le premier introduisit en Europe l'usage
des armées permanentes, disproportionnées

avec la population des empires. Par cela seul
il fit plus de mal à l'humanité dont il éternisa
les chaîn s, qu'il ne fit de bien à la France en
lui donnant un théâtre exclusivement consacré aux soupirs amoureux, et il rendit ainsi les
Français incapables de ressentir l'amour. En
effet, l'amour vrai, l'amour sublime, capable
d'élever l'âme et de rehausser le courage, que,
du temps de la chevalerie, les Français avaient
connu et éprouvé, ne se rencontre presque
plus parmi eux depuis que leur théâtre est
devenu une école de sentiment. Le pouvoir
absolu propage d'autant plus les vices que le
théâtre, retenu par ses liens, ne peut enseigner
la moindre vertu, condition sans laquelle il
ne serait ni protégé, ni approuvé par l'oppresseur général. On doit donc attribuer
beaucoup plus la splendeur apparente de la
monarchie française, sous Louis XIV, à la
force de ses armées qu'aux lettres et aux académies. Bien que celles-ci aient perfectionné
la langue française, jusqu'alors barbare, elles
n'augmentèrent que fort peu la masse des lumières répandues parmi les hommes. Les philosophes français n'ont été vraiment philosophes, que lorsqu'ils empruntèrent leur philosophie aux anciens écrivains, libres et non
protégés, ou bien aux auteurs anglais.

Ainsi que je l'ai déjà dit plus haut, le fruit de ces trois siècles littéraires fut donc : d'abord pour le siècle d'Auguste, les Romains de Tibère, de Néron, de Caracalla, de Constantin, et de cette longue série d'empereurs qui n'avaient plus rien de romain : quant aux deux autres siècles de Léon X et de Louis XIV, on leur doit les Italiens et les Français, tels qu'ils sont de nos jours. Mais, le siècle de la Grèce! il fut à-la-fois la cause et l'effet de la grandeur des Athéniens; peut-être même le peuple romain dût-il aussi sa grandeur à l'influence de ses lumières. Ces deux peuples réunis font voir la grandeur, la félicité et toutes les vertus élevées au plus haut degré où elles puissent parvenir parmi les hommes. Remarquez encore que l'on peut considérer comme les fils, quoique dégénérés, d'Athènes, ces trois autres rayons d'une lumière moins vive et moins pure qui ont brillé par intervalles, mais trop peu, dans les âges suivans. Quelle n'était donc point cette source d'où découlaient tant d'œuvres du génie, puisque plusieurs siècles après elle n'est point tarie, et que l'on vient encore y puiser sans cesse. Il me semble donc que chercher à faire croire que les véritables lettres émanent des princes et non de la liberté, c'est comme si l'on attri-

buait au froid Saturne, plutôt qu'à une pla-
nète vivifiante, la riche fécondité des plantes
qui ornent notre globe.

Quelles conceptions grandes et nouvelles
ne seraient point produites par un cin-
quième siècle littéraire qui, n'étant soumis
à la protection d'aucun prince, ne recevrait
point de lui sa dénomination ? Les lettres seraient tout-à-la-fois filles et mères de la liberté,
et c'est de la liberté seule qu'elles éternise-
raient le nom. Cela serait nouveau sans
doute, mais, comme cela n'a jamais été, il
est permis de le regarder comme impossible.
L'ancienneté du monde et l'influence des
quatre siècles littéraires ont aujourd'hui mul-
tiplié les moyens, dispersé les matériaux et
aplani toutes les voies. Les langues sont
fixées ; il s'est introduit une certaine manie
de lire qui a plus ou moins épuré le style
des écrivains ; enfin tout est prêt ; on n'attend
plus que des vérités entières, claires et sublimes, proclamées d'une voix grave et noble,
capables de rehausser les esprits et de les
pousser fortement à se remettre sous le seul
empire de la vérité. Les princes désormais
ne peuvent plus rien pour faciliter son retour,
mais ils peuvent y apporter des entraves, s'ils
savent les varier à propos et s'y prendre adroi-

tement. Ainsi donc la première condition à
remplir, pour les écrivains modernes qui
enseignant la vérité et la vertu voudront causer de sublimes jouissances et fonder un nouveau siècle littéraire, sera d'être leur propre
ouvrage. Leur gloire sera d'autant plus grande,
que l'élan qu'il leur aura fallu pour triompher de tous les obstacles, aura dû être plus
fort que s'ils étaient poussés par la protection, et leur utilité sera d'autant plus in-
fluente qu'elle sera moins attendue dans le
siècle d'oppression pendant lequel ils écrivent.
De tels écrivains seront élégans, parce qu'ils
profiteront de l'élégance perfectionnée par
leurs prédécesseurs; ils seront vrais et libres,
parce qu'ils aimeront les hommes, connaîtront
la vraie gloire et l'ambitionneront avec ardeur
et préférablement à tout; ils seront passionnés
et hardis, parce que la crainte ne saura les
atteindre, et parce que les obstacles mêmes
leur inspireront des mouvemens généreux.
De tels écrivains, en renouvellant la liberté,
la force et la grâce des Athéniens, mériteront
une renommée supérieure à la leur même; et
cela, parce que n'ayant pas comme eux l'impulsion que donne une liberté protectrice et
féconde, ils auront su les égaler et s'élever
jusqu'à eux du sein de l'esclavage. Ainsi, dans

le développement des plus importantes vérités, ils seront encore plus forts et plus vigoureux que les Grecs, parce qu'il est dans la nature humaine de sentir plus vivement la privation que la jouissance des choses. Ainsi, la liberté, bien méditée par ceux qui, n'étant point nés sous son influence, la souhaitent avec ardeur, sera dépeinte par ceux-ci avec une vérité d'expression plus brûlante et plus hardie que par ceux qui en jouissent déjà tranquillement. Il faut un burin bien autrement ferme pour graver dans le cœur des hommes le désir ardent d'une chose qu'ils n'ont jamais possé-dée, et qu'ils connaissent à peine, que pour entretenir en eux le désir de conserver et de défendre un bien qu'une longue épreuve leur a fait apprécier. Enfin les bons écrivains modernes devraient et pourraient, sous le rapport de l'énergie et de l'utilité, être su-périeurs aux Athéniens les plus sublimes, pre-cisément en raison de ce que les peuples mo-dernes sont moins versés dans la connaissance de la vérité que le peuple d'Athènes.

Ainsi donc, si, dans nos monarchies mo-dernes, au lieu de feuilles éphémères, on voyait paraître au grand jour des livres de toute espèce, nombreux et excellens, tant par l'utilité qui en résulterait que par les

obstacles qu'ils auraient surmonté, ce siècle
littéraire serait incontestablement le premier
de tous. Je l'ai dit, je le répète, et je me
plais à le répéter : il est faux que tout ait
déjà été dit. Et quand même cela serait,
tout le monde n'a pas tout lu, soit parce que
des ouvrages sont écrits dans des langues peu
connues, soit parce qu'ils sont présentés
sous une forme abstraite et peu attrayante,
soit enfin parce qu'ils ne sont point conformes
au goût du temps. Ainsi les vérités déjà proclamées par les Grecs dans leurs tragédies,
comédies, poèmes, satires, histoires, pa-
raîtront entièrement neuves dans des ouvrages modernes, où un auteur les aura re-
produites, plus par inspiration que par imitation. Et comme je n'entends parler ici que
des écrivains sublimes, il n'en pourra jamais
être autrement.

Dès qu'il peut exister un nouveau siècle
littéraire plus grand que tous les autres, c'est,
pour moi, comme s'il existait déjà dans toute
sa splendeur. Il suffit que les esprits les plus
élevés, destinés à écrire parmi les modernes,
aient d'abord la volonté de se connaître et de
s'estimer eux-mêmes, qu'ils préfèrent une
haute renommée à des jouissances person-
nelles, qu'ils aient rompu leurs fers originels,

16

qu'ils se retirent dans un lieu où ils puissent sans crainte faire usage de toutes leurs facultés : il suffit aussi que les esprits distingués, mais nés seulement pour lire, veuillent passer une vie sans tache au sein de la lecture et de la réflexion, et loin de l'atmosphère contagieuse des Cours.

Alors il ne faut point douter que les lettres ne reviennent à leur pureté primitive, à leur grandeur, à leur élégance, si ceux qui les cultivent ont eux-mêmes la pureté convenable aux ministres de la divinité et à ceux qui approchent des saints autels. Ce siècle, que la vertu seule aura engendré et que seule elle protégera, sera nommé *le siècle de l'indépendance*.

CHAPITRE X.

Que d'une telle régénération des Lettres, il naîtrait peu à peu de nouveaux peuples.

Rome en bannissant ses rois reçut une telle impulsion vers la vertu que, pendant une longue suite d'années, elle ne cessa de croître jusqu'au moment où elle fut parvenue au faîte de la grandeur. C'est ce qu'on ne saurait nier, quand on examine les faits. Pour avoir dans la suite dompté beaucoup de nations et surtout celles qui obéissaient à des rois, tandis que les monarques étaient traînés au capitole, elle donnait un asile aux richesses, à la mollesse, aux vices et à la corruption des mœurs. Ces habitudes de la monarchie amenèrent dans Rome, sous un autre titre, des rois nouveaux dont la férocité lui imposa le dernier degré d'avilissement et finit par la détruire.

Ainsi, de notre temps, l'Angleterre, après avoir abattu le pouvoir arbitraire, conservant toutefois ses souverains derrière l'impénétrable bouclier des lois, s'est élevée en moins d'un siècle à un haut degré de gloire et de splendeur, et nous l'avons vue souvent en butte aux

efforts combinés des grandes monarchies, sans
avoir jamais succombé sous ces efforts. C'est
pour cela qu'on a vu, dans la guerre d'Amé-
rique, neuf millions d'Anglais tenir tête à plus
de quarante millions d'Européens et d'Américains. Politique admirable, dont on ne
saurait pénétrer la cause, mais qui prouve
qu'un homme libre équivaut à six esclaves.
Cependant, comme les Américains combat-
taient pour leur liberté, cette lutte ne fut
point à l'avantage des Anglais qui, dans l'Amé-
rique, étaient divisés en tyrans et en esclaves
et n'étaient plus des hommes libres.

Mais laissons là cette question étrangère à
mon sujet. Si je recherche dans ces deux
peuples modernes, les Anglais et les Américains, et parmi les anciens Romains, les
causes de leur liberté, de leur courage, de
leur prospérité et de leur grandeur, j'en
trouve toujours l'origine dans la connaissance
qu'ils avaient acquise de leurs droits. Droits
naturels, qu'ils ont reçus comme tous les autres
hommes; mais que l'influence factice et contre
nature du despotisme a toujours affaiblis,
corrompus, surpris et modifiés. A Rome,
c'étaient les tribuns qui veillaient à la conservation de droits aussi sacrés; en Angleterre,
c'est la chambre des communes, et j'ignore

encore à qui sera confiée la garde de la liberté
naissante des Américains ; quoique n'ayant ni
noblesse, ni clergé, cette garde soit moins
indispensable, puisque personne n'aura intérêt à affaiblir les droits de tous. La liberté
naît donc et reçoit son extension, son affermissement et sa conservation, principalement
de ces hommes qui, en enseignant aux peuples
leurs droits, leur indiquent en même temps
comment ils doivent les défendre. La liberté
est d'ailleurs le seul principe conservateur
d'un peuple, puisque nous voyons qu'elle a
toujours été la source des plus belles actions
humaines. Dans Rome et à Londres, ceux
qui recevaient et reçoivent le beau privilége
d'établir, de conserver et d'accroître les pré-
rogatives sacrées et légitimes de la masse des
hommes, étaient et sont nécessairement de
grands orateurs. Mais nous autres peuples
asservis, qui n'avons point de tribuns, qui
nous apprendra à connaître nos droits, à les
reconquérir, à les défendre, si ce n'est les
écrivains ? et si les lettres, plus que toute
autre chose, ne concourent point à ce but,
si au contraire elles ont prêté leur ministère
à la fausseté et à l'infamie, en s'éloignant ainsi
de leur destination primitive et naturelle, si
elles courbent au pied du trône un front

humilié, ne doivent-elles pas être considérées par les peuples comme une horrible contagion qui s'attache à la société? Ainsi détournées de leur route, les lettres sacrées se bornent à encenser, à protéger, à répandre l'erreur, avec cet art et cette séduction d'une élégante éloquence, si puissante sur tous les hommes. Chacun, dans ce monde, combat sous ses propres enseignes. L'intérêt et le but des princes est d'étendre leur domination autant qu'ils le peuvent; et, pour favoriser une semblable victoire, ils attaquent le peuple par l'ignorance et par la force des armes. L'intérêt, comme le but des peuples, le seul qui soit digne d'eux, est et doit être de réunir toutes leurs facultés pour le bien général, et pour celui de chacun en particulier; or, ce noble but est évidemment contraire à l'obéissance aveugle aux volontés d'un seul maître. Puisse-t-il naître enfin ce jour où des hommes citoyens opposeront leurs armes victorieuses à celles des satellites du pouvoir, où des écrivains vrais et hardis s'éleveront en foule contre l'ignorance hautaine, garantiront les faibles en leur enseignant à devenir hommes et citoyens, et feront voir aux grands qu'ils ne sont souvent, par eux-mêmes, que les plus petits des hommes.

Les écrivains vrais et hardis sont donc les tribuns naturels, sublimes et considérés chez les peuples non libres. Élevés à ce noble office par la seule force de leur impulsion naturelle, ils montrent à ces peuples et gravent dans leurs cœurs l'amour de tout ce qui est vrai, grand, utile, juste, surtout l'amour de la liberté qui en résulte nécessairement ; et cela sous mille formes diverses, mais par des moyens persuasifs et énergiques. Le théâtre, l'histoire, la poësie, l'éloquence, toutes les lettres enfin et tous leurs moyens deviendront une excellente école de vertu et de liberté. De tels ouvrages seront, il est vrai, prohibés et persécutés ; c'est pour cela même qu'ils seront plus recherchés, mieux lus, par conséquent plus utiles. Au temps présent tout arrive à son terme ; et si, jusqu'à ce jour, toutes les vérités ne se sont pas frayées la route qu'elles auraient dû suivre, on doit l'attribuer à la timidité, ou à l'insuffisance du génie de ceux qui ont entrepris de les dévoiler. Mais on doit surtout regarder, comme coupable de ce manque de lumières et de vérités, l'erreur déplorable de quelques grands écrivains modernes, qui, plus licencieux que libres, étaient ainsi les dignes instrumens de la servitude : ils employaient leur courage à offenser les

mœurs par leurs obscénités , comme si elles
n'étaient pas déjà assez corrompues ; ou ils
cherchaient avec leur force débile à dépriser
et à écraser les rites d'une religion déjà prêts
à succomber sous le poids de leur vieillesse ;
religion, qui ne peut nuire que lorsqu'elle devient un instrument dans la main du pouvoir
absolu, bien plus nuisible lui-même qu'elle
ne saurait l'être.

Ces écrivains-tribuns seront donc revêtus
d'une charge d'autant plus élevée, et recueil-
leront une gloire supérieure à celle des anciens tribuns, puisque s'étant élus eux-mêmes,
ce n'est pas seulement à une nation qu'ils
veulent être utiles, c'est à tous les peuples ;
ce n'est pas seulement à leurs contemporains,
mais à toutes les générations. C'est sous cet aspect, nouveau pour nous, mais ancien par lui-
même, et le seul qui soit vraiment digne des
lettres, qu'il faut les considérer ; et l'on ne saurait douter qu'alors elles ne changent un jour
la face des peuples et des Gouvernemens.

L'opinion est sans contredit la reine du
monde. L'opinion est toujours fille de la persuasion, jamais de la force.

Or, qui pourrait nier que les plus excellens
écrivains n'aient toujours eu à la longue plus
d'influence sur elle que les princes ? les uns

raisonnent, les autres contraignent. Lorsque la vérité est présentée sous une forme à la portée de toutes les classes de la société, elle peut pénétrer dans tous les cœurs et devient ainsi la propriété de tous. Au contraire, la force du prince s'insinue dans toutes les âmes par la voie de la terreur, et y fait naître le mécontentement et la haine : où réside-t-elle, cette force tant redoutée, si ce n'est dans le consentement de tous ou du plus grand nombre? Je demande actuellement comment il se pourra jamais que tous, ou le plus grand nombre, connaissant sans restriction la raison et la vérité, consentent à nourrir leurs douleurs et leurs craintes, pour le bon plaisir d'un seul? et ce seul homme, la raison le leur montre sans cesse comme un oppresseur et un ennemi; ennemi impuissant, ridicule, à dédaigner toutes les fois que l'ignorance et l'aveuglement de la multitude ne lui a pas prêté une valeur idéale. Telle était l'idée que le moindre des Romains avait des rois, dans les plus beaux temps de la république; et l'opinion, qui par le moyen des tribuns et de la liberté, pénétrait jusqu'aux dernières classes du peuple, dictait seule un jugement aussi sain. Ainsi donc, la raison et la vérité arrivant au moindre d'entre nous, par la voie des écrivains, nous parviendrons à nous faire de la royauté une idée plus exacte: un court intervalle nous sépare du moment où les hommes, ayant appris à connaître leurs droits, sauront aussi les reconquérir et les défendre.

L'influence des bons écrivains sur l'opinion me paraît telle que j'ose avancer que si Rome, outre ses utiles censeurs, qui contribuèrent si puissamment à sa gloire et à sa conservation, eût aussi environné des plus grands honneurs un tribunal composé des écrivains les plus sublimes, bien reconnus comme tels, et exclusivement voués à écrire; si, elle avait ainsi témoigné l'estime qu'elle en faisait, Rome aurait tourné vers la culture des lettres les génies les plus élevés : ce tribunal littéraire, dans des ouvrages plus forts et plus durables que les harangues des tribuns et les déclamations du forum, aurait combattu avec de si fortes armes la naissance du luxe, la soif du pouvoir, la vénalité des suffrages et tous les autres vices qui contribuèrent à la décadence des Romains, que peut-être la république eût été d'une plus longue durée. Que l'on veuille bien y réfléchir; lorsque César eut passé le Rubicon, il n'y avait plus de choix entre la guerre civile pour le com-

battre , et la plus servile obéissance ; mais il
n'en était pas de même envers César plus jeune,
envers Marius, Sylla et leurs adhérens , et
plus anciennement envers les Gracques, au
temps de leurs dissensions : la voix de l'opinion aurait pu triompher de ces séditieuses
clameurs, si elle avait conservé la plénitude
de son action, si elle avait été, pour ainsi
dire , rajeunie et renouvelée par la haute
leçon de la raison et de la sagesse que sous
mille formes des écrivains habiles auraient
pu faire parvenir jusqu'au dernier citoyen
romain ; et tous sans doute auraient été plus
longtemps retenus dans la ligne du devoir.
C'est une chose trop prouvée pour qu'on
puisse la révoquer en doute , que l'influence
des écrits , quand ils tendent à rétablir et
à consolider une opinion sage , a plus de
puissance que les lois , précisément parce
qu'un livre n'exerce qu'un empire de persuasion , tandis qu'une loi contraint et oblige
absolument. Aussi me flatterais-je plutôt de
parvenir plus promptement et plus certainement à insinuer une vérité quelconque
dans l'esprit de la multitude, en la lui présen-
tant sous les formes séduisantes de la conversation, ou dans une représentation théâtrale , à
la portée de tout le monde et appréciée de

chacun, que dans un manifeste officiel, et par le moyen d'une loi inflexible, quelque juste et légitime qu'elle fût.

Les conquêtes de la raison et de la vérité, pour être durables, doivent être le fruit de la seule persuasion, et de simples discours. Ainsi, c'est à main armée que l'on a toujours imposé la croyance des dogmes et l'obéissance aveugle, tandis que les livres ont répandu les lumières de la philosophie et amené les gouvernemens tempérés.

~~~~~~

CHAPITRE XI.

Exhortation à délivrer l'Italie des Barbares (1).

DE toutes les contrées esclaves de l'Europe, il n'en est pas, ce me semble, qui serait plus susceptible que l'Italie de recevoir une nouvelle forme politique, de la régénération des lettres. Je ne sais si l'idée d'y être né m'abuse; mais, en ne considérant que les faits, cette petite péninsule est bien celle dont les armes firent la conquête du monde connu, et qui offrit le seul exemple qu'ait recueilli l'histoire d'une nation libre et conquérante. Ce fut bien encore cette même Italie qui, plusieurs siècles après, répandit dans le reste de l'Europe les sciences et les lettres qu'elle avait, à la vérité, empruntées aux Grecs, mais qui furent exportées au-delà des monts bien différentes de ce qu'elles étaient quand

---

(1) Tel est le titre que le divin Machiavel donna à son dernier chapitre *du Prince*; il n'est répété ici que pour démontrer qu'il est différens moyens d'arriver au même résultat.

elles y parvinrent. C'est aussi l'Italie qui polit dans la suite le reste de l'Europe, par la promulgation des beaux arts dont elle peut s'attribuer l'invention plutôt que l'imitation. C'est elle enfin qui vieillie, fatiguée, abattue, avilie et dépouillée de toute autre supériorité, gouverna pendant longtemps les nations qu'elle sut rendre tributaires de sa politique et de son génie. Ces quatre modes, selon lesquels l'Italie domina les autres pays, comprennent toutes les qualités et toutes les vertus humaines et prouvent suffisamment que, dans tous les temps, on compta parmi ses habitans un nombre assez considérable de ces âmes ardentes que leur impulsion naturelle porte à s'immortaliser par de glorieuses entreprises. La gloire fut différente selon la diversité des temps, mais elle sut toujours l'obtenir. Dirai-je plus, et oserai-je le dire ? l'Italie moderne, par le degré de nullité et d'abaissement auquel elle est parvenue, et même par les crimes et les délits qui s'y commettent, prouve qu'aujourd'hui même elle renferme dans son sein, plus qu'aucune autre contrée de l'Europe, des esprits ardens et vigoureux auxquels il ne manque pour exécuter de grandes choses que le lieu et les moyens. Mais pour faire quelque grande chose que ce soit, le premier des moyens étant une connaissance parfaite et fortement sentie de la vérité et de la raison, il faut chercher actuellement à procurer ce moyen aux écrivains italiens, pour qu'ils puissent acquérir tous les autres : c'est à la juste et noble indignation des peuples encouragés et éclairés, qu'il appartiendra ensuite de choisir le lieu du combat et de s'assurer la victoire.

L'Italie a donc été sous tous les rapports ce que ne fut jamais aucun autre pays de la terre. Cela prouve que ses habitans, considérés seulement comme une production indigène, y naissent avec un tempérament plus robuste ; et les qualités natives des Italiens, comme les plantes qui sont dans le même terrein, renaissent toujours les mêmes, quelle que soit la détérioration qui résulte d'une mauvaise culture. Il me semble de plus que l'Italie, par l'état actuel de sa situation politique, est plus favorisée qu'aucune autre puissance. Divisée en un nombre considérable de principautés sans force, son centre étant occupé par un seul état qui en comprend la majeure partie, il est impossible qu'il se passe un bien long temps sans qu'elle soit partagée, tout au plus, entre deux princes qui, soit par des alliances, soit par des conquêtes, réuniront leurs

royaumes en un seul. Le maître de ce seul
empire, abusant de son pouvoir excessif, après
avoir été l'objet de la haine et de l'horreur
de plusieurs générations, verra sa puissance
unique brisée par les Italiens, qui alors,
unis et éclairés, auront appris à se regarder
comme le corps d'une seule nation. L'Italie
en outre a toujours possédé dans son sein,
plus, il est vrai, pour en conserver le souvenir que pour en tirer avantage, quelques
petites républiques; et, bien que celles-ci
soient depuis longtemps privées de toute liberté, elles auront habitué les Italiens à croire
qu'un État peut exister sans roi, ce qu'on
n'oserait penser dans un pays civilisé, mais
corrompu comme la France (1). L'Italie n'est
point et n'a jamais été entièrement dépouillée d'un certain amour de tout ce qui est
grand et beau; et cet amour, ne pouvant se
manifester autrement, est partout empreint
dans la magnificence de ses édifices tant publics que particuliers. Les Italiens ont conservé
une certaine fierté de caractère qui perce à
travers leur abaissement, et, tout soumis qu'ils
sont à la crainte que leur inspire l'oppression,

_____

(1) Ce livre était écrit en 1784.

cette oppression n'excite pas moins en eux une généreuse indignation; ils encensent le pouvoir et se prosternent devant lui, mais ils fuient et abhorrent au fond du cœur ceux qui en sont les dépositaires. En cela, les Italiens diffèrent absolument des Français. Ceux-ci, comme nation militaire, et avec une apparence moins soumise font la cour à leur souverain, mais ils s'abaissent bien plus par leurs flateries et par la manière dont ils manifestent l'amour qu'ils ont pour leurs maîtres. Toutes ces faibles marques d'une grandeur d'âme assoupie, et non pas éteinte, me font croire, espérer, désirer surtout avec ardeur de voir les Italiens être les premiers en Europe, à montrer les lettres sous cet aspect nouveau, digne et vraiment imposant, et les premiers aussi, comme cela ne sera que trop juste, à en recevoir ensuite une constitution politique aussi grande que durable.

Croire ou dire que ce qui a déjà été fait par les hommes ne peut être fait de nouveau par d'autres hommes, et surtout dans le même pays, est un faible et absurde raisonnement. Telle est cependant l'arme accoutumée dont se servent les esprits timides et rampans qui déclarent impossible tout ce qu'ils ne sauraient exécuter; leur débile vue ne peut embrasser

17

plusd'une ou deux générations. Telle n'est point sansdoute la manière de voir de ceux qui sentent et réfléchissent véritablement. Ceux-ci, s'ils ont reçu le jour parmi les Romains au temps des Décius et des Régulus, pleurent déjà dans un lointain avenir la corruption de leurs descendans qui, par la succession naturelle des choses, naissant inférieurs à leurs aïeux, prépareront dans peu de siècles la perte de la république. Si, au contraire, ils sont nés dans Rome telle qu'elle est aujourd'hui, ils sentiront en secret l'orgueil et la joie que fera naître en eux l'aspect éloigné de nouveaux Décius et de nouveaux Régulus, parce qu'ils savent que tout ce qui a existé peut exister encore. L'Italie moderne étant enfin parvenue au dernier degré de l'apathie, il est impossible qu'avant péu elle ne revienne point sur ses pas.

Je terminerai donc ce chapitre par un dilemme entièrement différent de ce que met en avant le commun des hommes ; c'est que la vertu a cela de particulier que la louer, l'enseigner, l'aimer, l'espérer et la vouloir, la font naître, tandis que rien n'est plus capable de la rendre impossible que de la représenter comme impossible.

CHAPITRE XII.

Récapitulation des trois Livres et conclusion de l'Ouvrage.

J'EN suis actuellement arrivé au point où il ne m'est plus possible de poursuivre. Je devrais déduire, mais je laisse imaginer les effets qui résulteraient des lettres, si les écrivains et les lecteurs étaient tels que je les ai supposés ; ce vaste champ convient en effet à une imagination ardente et profonde et à ceux auxquels la lecture de mon livre aura inspiré de nobles desirs ; aucun mouvement, aucune prévention ne me l'a dicté ; l'amour de ce qui est beau, utile et juste me l'a seul inspiré.

En résumant en peu de mots ce que renferment ces trois livres, je conclus en disant que les belles lettres, qui ne sont autre chose que la vérité reproduite sous mille formes diverses, sont à comparer aux mœurs vraiment pures dont on se contente de parler dans les états absolus. Chaque jour on y voit le maître les recommander par des ordonnances ridicules, en même temps que, par l'influence de son exemple, il les corrompt et les détruit en secret. Ainsi, c'est en vain qu'avec une protection dérisoire le prince recommande aux écrivains d'être sublimes, car la récompense qu'il leur accorde les détourne de ce qui est vraiment beau et sublime; ainsi les véritables lettres demeurent avilies ou condamnées au silence. Que si elles pouvaient et osaient élever la voix elles sauraient bien mieux que le prince ramener avec le temps ces mœurs qu'il recommande, mais qu'il ne peut vouloir, puisque leur seul rétablissement imposerait des limites à sa puissance.

Ainsi donc, tout prince moderne qui, pour comprimer les lettres, les protége, joue bien son rôle et connaît sa faiblesse. L'écrivain qui se laisse protéger, ou n'a pas de force par lui-même, était né pour être un littérateur de cour, ou s'il en a et qu'il ne s'en serve point, il est traître à la vérité, à son art, à lui-même; il est d'autant plus digne de mépris qu'il aurait mérité de gloire, s'il eut su faire un usage entier de ses forces.

Enfin le but des lettres devant être en général l'agréable, mais jamais séparé de l'utile, l'utile ne se trouvant jamais où la vérité n'est pas, et toute vérité morale étant l'ennemie naturelle du pouvoir illégitime; il résultera

de tout ceci une conséquence claire et évidente : que les véritables lettres ne peuvent
croître qu'à l'ombre de la liberté. Dans les
lieux où la liberté publique, déjà établie,
a pour base de sages lois ; leur devoir est de
protéger ces lois, et seules, elles le peuvent
sans leur porter préjudice. Mais comme peut-
être un gouvernement libre ne sent pas un
besoin aussi pressant que les peuples esclaves,
d'encourager les lettres, il arrive malheureusement que la liberté publique leur refuse
toute protection, ou bien ne leur en accorde
qu'une faible. De toutes les libertés civiles et
politiques, la première ,es t la liberté indivi-
duelle pour un écrivain qui n'a besoin que de
gloire, et là gloire est la seule protectrice des
véritables lettres; elle seule peut produire de
grands écrivains qui soient en même temps
dignes du beau titre de citoyen.

FIN.

TABLE DES CHAPITRES.

LIVRE PREMIER.

LIVRE DEUXIÈME.

(265)

LIVRE TROISIÈME.

FIN DE LA TABLE DES CHAPITRES.